Kinder-Lernkrimi

Leonardo da Vinci

und der Bilderdieb

Amelie Benn

Compact Verlag

Bisher sind in dieser Reihe erschienen:

Cäsar und der Verrat auf dem Kapitol
Die Musketiere und das Rätsel um den goldenen Degen
Marco Polo und die Verfolgungsjagd auf der Seidenstraße

Text: Amelie Benn
Chefredaktion: Dr. Angela Sendlinger
Redaktion: Natalie Lambertz
Fachredaktion: Christine Walter
Produktion: Wolfram Friedrich
Illustrationen: Karl Knospe
Titelillustration: Karl Knospe
Typografischer Entwurf: Axel Ganguin
Umschlaggestaltung: Hartmut Baier, Pixelcolor

ISBN 978-3-8174-6304-6
5463041

Besuchen Sie uns im Internet: www.compactverlag.de

Vorwort

★ ★ ★

Liebe Leserin, lieber Leser! Bist du bereit für ein neues spannendes Abenteuer? Dann tauche ein in die glitzernde Zeit der Renaissance und lerne in diesem Geschichtskrimi eines der größten Universalgenies kennen, das es je gegeben hat: Leonardo da Vinci! Begib dich zusammen mit Leonardo da Vinci, seinem Lehrling Francesco und dessen Freundin Isabella auf die Spur des geheimnisvollen Bilderdiebs, der Leonardo bestohlen hat. Auf der Suche nach dem Dieb wirst du nicht nur einen Streifzug durch die lebhafte Künstlerstadt Florenz im 16. Jahrhundert machen, sondern auch bahnbrechende Erfindungen und großartige Kunstwerke kennenlernen. Lass dich verblüffen von den umwerfenden Ideen, die Leonardo da Vinci hatte und mit denen er damals seinen Zeitgenossen weit voraus war. Du wirst entdecken, dass viele seiner Gemälde, die er vor über 500 Jahren angefertigt hat, heute weltberühmt sind. Und wenn du alle Fragen, die im Text auftauchen, richtig beantwortest, dann bist du zum Schluss ein richtiger Da-Vinci-Experte!

Und nun viel Spaß mit dem folgenden Geschichtskrimi!

Amelie Benn

Inhalt

★ ★ ★

Auf Verfolgungsjagd

★ ★ ★

Francesco rannte ohne zu zögern los. Nur wenige Meter entfernt kletterte der Dieb vom Dach eines Hauses und überquerte den Domplatz. Francesco legte noch ein wenig mehr Tempo zu. Er musste den Dieb unbedingt einholen, bevor dieser in einer der vielen Seitengassen verschwand. Seit über einer Woche waren er und Isabella schon hinter dem Dieb her, der nun zum zweiten Mal ein Gemälde seines Meisters gestohlen hatte. Jetzt endlich würden sie ihn zur Strecke bringen. Dicht hinter ihm hörte Francesco seinen Meister, dessen Schritte auf dem leeren Platz des Domes widerhallten.

„Mist!“, schimpfte Francesco plötzlich, als er sah, wie der Dieb in eine Seitenstraße abbog.

Die verwinkelten Gassen rund um den Dom waren so verzweigt, dass es dem Dieb ein Leichtes wäre, dort unterzutauchen. Francesco beschleunigte seine Schritte. Der Schweiß lief ihm schon in Strömen von der Stirn. Lange würde er diesen Dauerlauf nicht mehr durchhalten, das wusste er. So schnell er konnte, folgte er dem Fremden in die menschenleere Seitengasse. Der Dieb hatte sich bisher noch kein einziges Mal umgeblickt. Das gestohlene Bild fest unter den Arm geklemmt, lief er eilig auf das Ende der Gasse zu. Francesco war nun schon so nahe, dass er erkennen

Der Bilderdieb auf der Flucht

konnte, was auf dem roten Umhang des Mannes eingestickt war – es waren die beiden ineinander verschlungenen Buchstaben *S* und *L*. Francesco kannte die beiden Buchstaben gut, sie standen für *San Luca* – Heiliger Lukas –, den Schutzpatron der Malergilde. Plötzlich flatterte ein aufgeschreckter Vogel durch die Gasse. Und dann ging alles ganz schnell: Mit einem lauten Schrei stürzte sich Francesco auf den Bilderdieb und riss ihn zu Boden. Bevor dieser wusste, wie ihm geschah, schnappte sich Francesco das Bild, das dem Dieb aus der Hand gerutscht war. Dann kam auch schon Francescos Meister angerannt. Dicht hinter ihm lief Isabella.

„Ist alles in Ordnung mit dir?", fragte der Meister besorgt und half Francesco aufzustehen.

„Ja, ich glaube schon. Aber was machen wir denn jetzt mit dem Dieb?", fragte Francesco mit einem Blick auf den Mann, der immer noch am Boden lag.

Zornig packte der Meister den Bilderdieb an der Schulter, drehte ihn herum – und erschrak.

„Ich kenne diesen Mann!", keuchte er und taumelte rückwärts.

Wie alles begann

★ ★ ★

„Francesco! Francesco!“

Mit einem Ruck setzte sich Francesco in seinem Bett auf. Hatte er gerade die Stimme seines Meisters gehört? Verschlafen rieb er sich die Augen und schaute zum Fenster hinaus. Es war schon helllichter Tag! Er musste an den seltsamen Traum denken, den er letzte Nacht gehabt hatte: Ein Raubvogel stürzte sich darin auf seinen Meister und verletzte ihn an seiner linken Hand – des Meisters Malerhand! Francesco schüttelte den Kopf, um die Gedanken an seinen Traum zu verscheuchen. Er schwang sich aus dem Bett, zog sich seine Hose und Schuhe an und streifte sich schnell ein Wams über. Dann hüpfte er die Stufen zur *bottega* – der Werkstatt seines Meisters – hinunter. Die *bottega* bestand aus einem engen Raum im Erdgeschoss mit Blick zur Straße, in dem sein Meister Leonardo an unzähligen Projekten arbeitete. Überall lagen Stapel von Notizblättern herum, in den Ecken standen kompliziert aussehende Geräte und an den Decken hingen Holzkonstruktionen, die aussahen wie riesige Vögel. Rechts, direkt am Eingang, standen einige Regale, bis obenhin vollgestopft mit Büchern zu allen möglichen Themen wie Mathematik, Medizin, Philosophie, Architektur und Natur. Und ganz hinten im Raum gab es einen kleinen Erker, der mit einem Vorhang abgetrennt war. Dort malte sein Meister immer an seinen Bildern. Es gab viele solcher Werkstätten in Florenz. Dort arbeiteten die Künstler mit ihren Lehrlingen gemeinsam an verschiedenen Kunstwerken.

Aufgabe 1

Wie nennt man die Werkstatt eines italienischen Künstlers im 15. Jahrhundert?
Setze die Buchstaben in die richtige Reihenfolge!

AGETTOB

In der Werkstatt des Meisters

Als Francesco in die Werkstatt kam, stand Leonardo da Vinci an einem Tisch und kritzelte mal wieder etwas in ein Notizbüchlein. Der Tisch war übersät mit kleinen Zahnrädchen.

„Da bist du ja endlich, Francesco“, sagte sein Lehrer und hob den Kopf. „Wo hast du nur so lange gesteckt, es ist schon spät am Morgen!“

„Entschuldigung, Meister. Ich habe verschlafen. Aber nur, weil …"

„Jetzt nicht, Francesco", unterbrach ihn Leonardo ungeduldig. „Wir sind schon spät dran und müssen dringend auf den Markt, um einige Dinge zu besorgen." Er legte sein Notizbüchlein beiseite und lächelte seinen jungen Schüler an. Auf dem Weg zur Tür drückte er Francesco einen Zettel in die Hand.

„Hier, nimm den Einkaufszettel und den Korb und dann los!", drängte er.

Kurz bevor sie den Markt erreichten, schaute sich Francesco den Zettel genauer an. Dies war eindeutig kein Einkaufszettel, das stand schon mal fest. Das Blatt, das er in den Händen hielt, war mit einer technischen Zeichnung versehen. Sie zeigte eine Maske mit einem Sichtfenster aus Glas und einem Schlauch im Mundbereich. Der Schlauch führte von der Maske nach außen und Leonardo hatte oben an das Schlauchende zwei Pfeile in Richtung Mund dazugezeichnet. Francesco schüttelte den Kopf. Was Leonardo da Vinci immer für Ideen hatte. Was sollte denn das nun wieder für eine Erfindung sein?

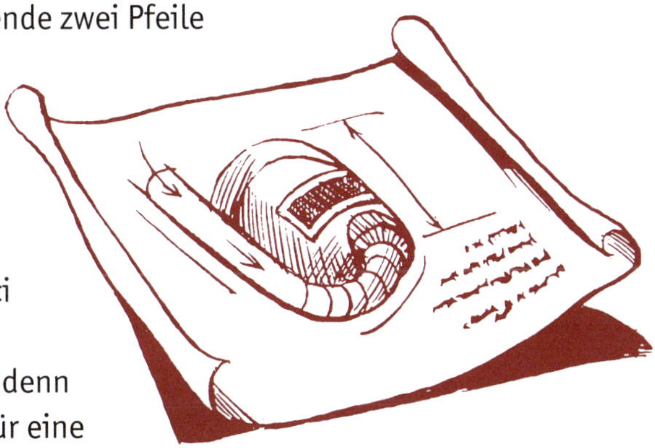

Leonardos Skizze

☛ Aufgabe 2

Kannst du Francesco helfen? Um was für eine Erfindung handelt es sich auf Leonardos Skizze? Kreuze die richtige Antwort an:

○ a) um einen Ritterhelm
○ b) um einen Blitzableiter für Menschen
○ c) um eine Tauchermaske

„Das ist der falsche Zettel, Meister", sagte Francesco und gab Leonardo das Blatt mit der Zeichnung zurück.

„Dreh den Zettel um und lies laut vor, was darauf steht", forderte Leonardo da Vinci Francesco auf.

„Eier, Brot, Pilze, Oliven, Datteln", las Francesco.

Sein Lehrer schmunzelte.

„Dies wird ein wundervoller Tag werden!", sagte er mit einem Blick zum Himmel und lief mit großen Schritten voraus.

Als sie auf dem Markt ankamen, herrschte reges Treiben. Überall waren Händler zu hören, die laut ihre Waren anpriesen. Hühner gackerten in ihren Käfigen, Bauersfrauen hielten miteinander ein Schwätzchen, es roch nach frisch gebackenem Brot und exotischen Gewürzen. Der Marktplatz war überfüllt mit Menschen und Tieren, die sich dicht aneinander vorbeidrängten, sodass Francesco aufpassen musste, dass er seinen Meister nicht aus den Augen verlor.

Ganz hinten konnte Francesco eine Zigeunerin erkennen, die auf einem kleinen Hocker saß und den Menschen aus der Hand las. Francesco wurde ganz aufgeregt. „Nachher muss ich unbedingt bei ihr vorbeigehen. Wer weiß, was sie mir über meine Zukunft sagt!“, dachte er bei sich. Dann lief er schnell hinter Leonardo her, der bereits weitergegangen war.

„Francesco! Komm einmal her, ich möchte dir etwas zeigen“, rief Leonardo plötzlich. Francesco kam neugierig ein paar Schritte näher, um zu sehen, was sein Meister entdeckt hatte. „Sieh dir einmal diese Blüten an“, forderte Leonardo seinen Schützling auf. Francesco beugte sich über einen Stand, an dem eine alte Frau verschiedene Kräuter und Blumen anbot. In dem Korb, auf den Leonardo zeigte, waren zahllose kleine blaue Blüten zu sehen.

„Diese Blumen wachsen überall in meinem Heimatdorf Vinci“, erklärte Leonardo. „Mein Heimatdorf wurde nach dieser Pflanze benannt. Man nennt diese Pflanze mit den blauen Blüten im Lateinischen *vincio*. Sie wird unter anderem zum Weben verwendet. Und jetzt weißt du auch, woher mein Name stammt, mein lieber Francesco Melzi! Ich muss unbedingt welche davon mitnehmen. Vielleicht kann ich sie ja für mein neues Gemälde verwenden!“, freute sich Leonardo da Vinci und ließ sich gleich eine Handvoll der blauen Blüten einpacken. Dann besorgten sie noch die letzten Einkäufe von ihrer Liste.

☛ Aufgabe 3

Weißt du die Antworten zu folgenden Fragen?

1. Wie heißt das Dorf, in dem Leonardo aufgewachsen ist? ....
2. Nach welcher Pflanze wurde Leonardos Heimatdorf benannt? ....
3. Wie lautet Leonardos Nachname?
   ....

Als sie eben den Markt verlassen wollten, fiel Francesco ein, dass er ja noch bei der Zigeunerin vorbeigehen wollte. Da Leonardo nicht viel von altertümlicher Wahrsagerei hielt, vereinbarten sie, sich am Stand mit den Vogelkäfigen wiederzutreffen, und dann sauste Francesco schon voller Erwartung los. Die Zigeunerin hatte lange schwarze Haare und ihr Kleid war über und über mit magischen Symbolen bedeckt. Als sie Francesco mit einem schiefen Grinsen aufforderte, sich zu setzen, bemerkte er, dass sie nur noch ein paar Zähne im Mund hatte. Ein bisschen unheimlich war Francesco die Alte schon. Die Zigeunerin musterte ihn mit dunklen Augen, hob dann die Hand und malte ein paar Zeichen in die Luft. Die vielen Armreifen an ihrem Handgelenk klimperten gegeneinander. Unsanft zog sie dann Francescos Hand zu sich und drehte sie um.

„Aha, ich sehe einen großen Mann mit einer guten Gesundheit und einem langen, langen Leben", begann sie und stockte dann plötzlich. Stirnrunzelnd fuhr sie mit dem Zeigefinger über Francescos Handfläche, schnalzte ein wenig mit der Zunge und murmelte: „Heute machst du eine unheimliche Entdeckung. Ein dunkler Mann mit einem Umhang aus Feuer wird sich nehmen, was ihm nicht gehört. Wenn die Sonne in der Mitte des Tages steht, kommt der dunkle Mann wieder. Große Gefahr." Francesco lief es kalt den Rücken hinunter.

Eine Zigeunerin las Francesco aus der Hand.

Die Zigeunerin hatte seine Hand inzwischen wieder losgelassen, stand auf und packte ihre Sachen zusammen. „Ich hab genug gesehen für heute, die Sitzung ist beendet", sagte sie und bedeutete Francesco zu gehen. Als er bezahlen wollte, hatte sie schon die beiden Schemel geschnappt und war davongegangen. Ganz in Gedanken ging Francesco zu dem mit Leonardo vereinbarten Treffpunkt. Was hatte die Zigeunerin in seiner Hand gesehen? Er musste unbedingt mit seiner besten Freundin Bella darüber sprechen, wenn sie wieder zu Hause waren. Als Francesco an dem Stand mit den vielen Vogelkäfigen ankam, war Leonardo bereits da, beachtete ihn aber gar nicht weiter. Er war lauthals in ein Gespräch mit dem Händler verwickelt. Grimmig kramte Leonardo nach einer Weile ein paar Münzen aus seiner Tasche und gab sie dem zufrieden lächelnden Händler. Dann nahm er einen Käfig, in dem fünf Schwalben aufgeregt auf und ab flatterten, und drehte sich zu Francesco um. „Komm, wir gehen nach Hause", sagte er und sie verließen zusammen den Marktplatz. Sie waren kaum ein paar Schritte gegangen, als Leonardo stehen blieb. Er nahm den Käfig, öffnete dessen Tür und ließ die Vögel frei. Dann blieb er noch ein Weilchen stehen, um den Schwalben bei ihrem kunstvollen Flug über den Himmel zuzusehen. „Wie kann man nur Vögel in Käfigen halten? Ich werde das nie verstehen können", sagte er mit einem Kopfschütteln, nahm den leeren Vogelkäfig und setzte seinen Weg fort. Francesco staunte nicht schlecht – sein Meister hatte die Vögel gekauft und nun einfach freigelassen! Leonardo da Vinci war so ziemlich der einzige Mensch, den er kannte, der aus Mitleid mit Tieren weder Fleisch noch Fisch aß. Dass er nun die Vögel

Leonardo ließ die Schwalben frei.

freigelassen hatte, war nur ein weiteres Zeichen dafür, dass er Tiere und Menschen als gleichwertig betrachtete. Francesco war noch nicht lange als Lehrling bei Leonardo da Vinci und doch hatte er in dieser Zeit nicht nur eine Menge über die Malkunst, sondern auch über Leonardo selbst gelernt. Schon früh wollte Francesco malen lernen und nun hatte er das Glück, bei einem so großartigen Lehrmeister wie Leonardo zu arbeiten. Normalerweise durften die Lehrlinge, die in Florenz bei einem Künstler in die Lehre gingen, in der ersten Zeit nur kleine Dinge erledigen. Sie fingen auf der untersten Stufe an, machten Botengänge, mischten Farben oder säuberten Pinsel. Erst später durften sie mit dem Meister an Bildern arbeiten oder kleine Statuen herstellen. Nicht so bei Francesco. Leonardo ermutigte ihn von Anfang an, selbst Bilder zu malen und mit verschiedenen Maltechniken zu experimentieren.

„Nicht nur andere kopieren, sondern selber denken und malen – so lernst du das Malerhandwerk am besten!“, sagte er immer wieder zu Francesco. Mit der Zeit hatte sich zwischen dem Meister und seinem Schüler sogar so etwas wie eine Freundschaft entwickelt. Und obwohl Francesco noch sehr jung war, überlegte Leonardo bereits, ob er ihn bei einer Malergilde anmelden sollte. Eine Gilde, das hatte Leonardo Francesco schon früh erklärt, war ein Zusammenschluss von mehreren Künstlern, der dafür sorgte, dass die Männer, die ein bestimmtes Handwerk erlernt hatten, ordnungsgemäß behandelt wurden und sich an gewisse Regeln hielten.

☛ Aufgabe 4

Wie lauten die Sätze in der richtigen Reihenfolge?

1. ein Lehrling Francesco Melzi von Leonardo da Vinci war

   ....

2. aus besteht mehreren Künstlern Eine Gilde

   ....

Francesco wusste, dass Leonardo da Vinci selbst gerade mal zwanzig Jahre alt gewesen war, als er 1472 in die florentinische Malergilde eintrat.

☛ Aufgabe 5

Wenn Leonardo 1472 20 Jahre alt war, in welchem Jahr ist er dann geboren? Löse die folgenden Rechenaufgaben, dann weißt du es!

4 - 3 =
2 + 2 =
20 : 4 =
2 x 1 =

Lösung: _ _ _ _

Inzwischen waren Francesco und Leonardo schon beinahe wieder zu Hause angekommen. Leonardos Werkstatt lag genau gegenüber dem Domplatz und von seinem Turmzimmer aus hatte Leonardo einen herrlichen Blick auf die wundervoll gefertigte Domkuppel der Kathedrale. Während Francesco noch ganz in Gedanken versunken war, bogen sie in eine Gasse ab, die direkt zum Domplatz führte. Von der anderen Seite der Gasse kamen ihnen zwei Männer in langen roten Umhängen entgegen. Der größere von beiden hatte einen langen Bart und braune Haare und unter seinen buschigen Augenbrauen konnte man ernst dreinblickende Augen sehen. Als sich der Weg der beiden Männer mit dem von Leonardo und Francesco in der Mitte der Gasse kreuzte, nickten sich Leonardo und der Mann mit den buschigen Augenbrauen knapp zu. Francesco sah, wie im Gesicht des einen Mannes kurz ein spöttisches Lächeln aufblitze.

„Wer war das, Meister?", fragte Francesco Leonardo, als sie außer Hörweite waren.

„Der größere war Michelangelo", antwortete Leonardo da Vinci. „Ein sehr begabter Künstler, leider etwas zu arrogant für meinen Geschmack. Von ihm stammt die großartige Statue des David, die du sicherlich schon gesehen hast. Ein wirklich beeindruckendes Kunstwerk. Und der Mann, der Michelangelo begleitete, war Signor Rossi, einer seiner Förderer. Leider macht sich Michelangelo viel zu sehr

Michelangelos David

abhängig von seinen Geldgebern. Diese Mäzene finanzieren ihm seine Kunstwerke, schränken Michelangelo in seinem künstlerischen Schaffen aber drastisch ein. Er könnte viel Größeres vollbringen, wenn er sich von seinen Mäzenen nicht so an die Leine nehmen lassen würde. Du weißt, ich selbst arbeite für verschiedene Mäzene – welcher Künstler unserer Tage tut das nicht. Ich versuche aber trotzdem, meinem Stil treu zu bleiben."

„Und warum hat Michelangelo so spöttisch gelächelt, als wir an ihm vorbeigegangen sind?"

„Hat er das? Nun, ich würde sagen, dass Michelangelo mich ebenso wenig mag wie ich ihn. Er hat sich einst in aller Öffentlichkeit darüber lustig gemacht, dass ich viele Kunstwerke nicht zu Ende bringe. Aber unter uns gesagt, glaube ich, dass er in Wirklichkeit nur neidisch ist." Leonardo zwinkerte Francesco belustigt zu.

☛ Aufgabe 6

Sind die folgenden Behauptungen richtig oder falsch?

1. Die Statue des David ist von Leonardo da Vinci. .....
2. Ein Mäzen ist ein Förderer und Geldgeber von Künstlern. ....
3. Ein Künstler kann mehrere Mäzene haben. ....

Während sie noch sprachen, hatten sie den Domplatz überquert und waren nun wieder vor Leonardos Werkstatt angelangt. Da fiel Francesco wieder ein, dass er unbedingt seiner besten Freundin Isabella von dieser Zigeunerin auf dem Markt erzählen wollte.

„Meister Vinci, bitte geht doch schon einmal vor, ich möchte gerne noch bei Isabella vorbei – es geht auch ganz schnell", sagte Francesco zu Leonardo. Sein Meister nickte nur gedankenverloren und war auch schon im Haus verschwunden. Francesco ging zum Nachbarhaus und klopfte dreimal kurz an die Tür. Das war Francescos und Isabellas geheimes Zeichen – so wusste Isabella sofort, dass es Francesco war. Sie freute sich, ihren besten Freund endlich einmal wiederzusehen. In letzter Zeit hatte er sehr viel bei Leonardo in der Werkstatt gearbeitet und sie hatten sich kaum gesehen. Als sich Francesco und Isabella vor etwa einem Jahr zum ersten Mal trafen, waren sie sich gleich sympathisch. Isabella fielen damals zuallererst Francescos wache braune Augen auf, mit denen er alles um sich herum intensiv beobachtete. Außerdem kannte Isabella keinen anderen Jungen in Florenz, der solch wilde braune Locken hatte wie Francesco. Schon kurze Zeit später waren sie die besten Freunde, und weil Francesco im Haus nebenan lebte, sahen sie sich beinahe täglich.

Francesco besuchte Isabella im Nachbarhaus.

Isabella merkte sofort, dass Francesco etwas bedrückte, als sie ihm die Tür öffnete. Sie winkte ihn herein und setzte sich mit ihm in die Küche.

„Was ist denn los mit dir? Du siehst aus, als hättest du ein Gespenst gesehen“, sagte sie und reichte ihm ein Glas Wasser. Stockend erzählte er ihr von seinem Erlebnis mit der Zigeunerin. Plötzlich hörten sie einen markerschütternden Schrei von nebenan. Das war der Meister! Irgendetwas musste passiert sein! Erschrocken stürzten Francesco und Isabella zu Leonardo in die Werkstatt. Dieser stand vor dem Erker, in dem er seine Bilder aufbewahrte, und zeigte mit einem Finger auf die leere Wand, an der bisher das Gemälde der „Mona Lisa“ gehangen hatte.

„Meine ‚Mona Lisa‘ ist weg!“, stammelte Leonardo.

Die „Mona Lisa“ wurde gestohlen.

Der Raub der „Mona Lisa“

★ ★ ★

Francesco hatte Leonardo noch nie so aufgewühlt gesehen. Er ging im Zimmer auf und ab und schüttelte immer wieder ungläubig den Kopf.

„Es muss gestern Nacht gestohlen worden sein, als alle geschlafen haben. Ausgerechnet die ‚Mona Lisa‘, eines meiner wichtigsten Werke! Das war bestimmt dieser arrogante Michelangelo – klaut meine ‚Mona Lisa‘, weil er neidisch auf meinen Erfolg ist“, murmelte Leonardo vor sich hin und strich sich nervös über seinen langen Bart.

Isabella hatte das Gemälde erst einmal gesehen, als sie vor einigen Wochen mit Francesco in Leonardos Werkstatt war. Francesco wollte ihr zu der Zeit unbedingt ein neues Meisterwerk zeigen, an dem er mit Leonardo da Vinci schon seit vielen Monaten arbeitete. Leonardo nannte es „Madonna in der

Die „Mona Lisa“ war eines der wichtigsten Werke Leonardos.

Felsengrotte". Es war eine Auftragsarbeit für die Kirche. Als sie sich damals das Gemälde der Madonna ansah, fiel ihr auch das Bild mit der seltsam lächelnden Frau auf, das Leonardo an der Wand hinten im Erker aufgehängt hatte – es war die „Mona Lisa".

Leonardo erzählte ihr damals, dass 1503 der prominente Politiker Francesco del Giocondo zu ihm in die Werkstatt gekommen war und von der Frau mit dem Namen Monna Lisa erzählte, in die er sich unsterblich verliebt hatte. Er wollte, dass Leonardo da Vinci ein Porträt von dieser Frau anfertigte. Drei Jahre lang malte Leonardo an diesem Bild und die 24-jährige Monna Lisa musste unendlich viele Male Modell dafür sitzen. Am Ende gefiel Leonardo das Porträt so gut, dass er es nicht mehr hergeben wollte.

☛ Aufgabe 7

Leonardo da Vinci ist 1452 geboren. Wie alt war Leonardo, als er 1503 anfing, die „Mona Lisa" zu malen? Löse die folgenden Rechenaufgaben, dann weißt du es!

3 + 2 =
5 – 4 =

Lösung: _ _ Jahre

„Warum ist denn eigentlich dieses Bild der ‚Mona Lisa' so wichtig für Leonardo?", flüsterte Isabella Francesco verstohlen zu.

„Die ‚Mona Lisa' ist etwas ganz Besonderes, weil Leonardo beim Anfertigen des Porträts eine neue Maltechnik anwendete. Ganz viele Leute kommen in die Werkstatt, um sich das Gemälde anzusehen", erklärte ihr Francesco.

☛ Aufgabe 8

Kannst du folgende Fragen richtig beantworten?

1. Wie heißt das berühmte Gemälde, für das Francesco del Giocondos Angebetete Modell saß?

   ....

2. Wann vollendete Leonardo das Bild der „Mona Lisa"? ....

Francesco versuchte, sich zu erinnern, was sein Meister ihm noch alles über die Maltechnik, die er bei der „Mona Lisa" anwendete, beigebracht hatte. Er wollte Isabella mit seinem Wissen richtig beeindrucken.

„Man nennt diese Maltechnik *Sfumato*, das heißt so viel wie ‚verraucht'. Dabei werden Landschaften im Hintergrund des Bildes ein wenig verwischt dargestellt, sodass es aussieht, als ob alles in Nebel gehüllt wäre."

Sfumato war eine neue Maltechnik.

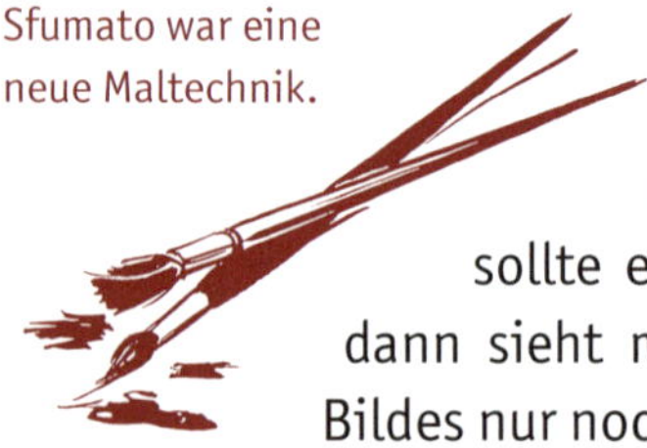

„Das verstehe ich nicht ganz“, unterbrach ihn Isabella und runzelte die Stirn. „Wieso sollte ein Maler alles in Nebel hüllen, dann sieht man doch den Gegenstand des Bildes nur noch verschwommen.“

„Überlege einmal, wie es ist, wenn du auf einem Hügel stehst und in die Ferne blickst“, mischte sich Leonardo ein, der ihre Frage mitbekommen hatte. „Die Dinge, die du in weiter Ferne siehst, scheinen verblasst zu sein. Du kannst sie nicht mehr richtig erkennen – sie verschwimmen ein wenig. Und genauso soll es auch auf einem Bild aussehen. Die Landschaft hinter der Figur im Vordergrund soll für das Auge in weite Ferne rücken – so wie bei der ‚Mona Lisa‘“, beendete Leonardo da Vinci seine Ausführungen.

Isabella nickte nachdenklich.

☛ Aufgabe 9

Wie nennt man die Maltechnik, die Leonardo da Vinci entwickelt hat?
Versuche, die Buchstaben in die richtige Reihenfolge zu bringen.

MUSFOTA

„Was sollen wir denn jetzt eigentlich wegen des gestohlenen Bildes machen?“, fragte Francesco seinen Meister.

„Um ehrlich zu sein, ich weiß es nicht, Francesco“, antwortete Leonardo und schaute Francesco dabei betrübt an. „Und ich kann mir auch nicht so richtig Gedanken machen, denn zu allem Übel muss ich morgen für ein paar Tage nach Mailand reisen. Erst vorhin ist es mir wieder eingefallen. Ich treffe mich dort mit dem französischen Gouverneur, um einige der neuen Projekte zu besprechen, die ich für ihn übernommen habe. Ich überlege mir wegen der ‚Mona Lisa‘ etwas, wenn ich wieder zurück bin. Dass das Gemälde gestohlen wurde, muss aber erst einmal unter uns bleiben. Und dass ihr nicht auf die Idee kommt, etwas auf eigene Faust zu unternehmen, versprecht ihr beiden mir das?“, fragte Leonardo und schaute dabei Francesco besonders lange an. Francesco und Isabella nickten.

„Gut“, sagte Leonardo und wandte sich zur Tür. „Francesco, ich habe noch ein paar Dinge zu erledigen und werde morgen sehr früh abreisen. In ein paar Tagen bin ich zurück. Könntest du wohl hier in der Werkstatt solange ein wenig Ordnung machen? Vor allem die ganzen Unterlagen, die hier herumliegen, müssten mal geordnet werden. Bitte kümmere dich darum, ja?“

Francesco machte ein langes Gesicht. Aufräumen? Darauf hatte er überhaupt keine Lust, viel lieber würde er den Dieb ausfindig machen, der gestern Nacht in die Werkstatt seines Meisters eingebrochen war.

„Ich helfe beim Aufräumen, in Ordnung?“, flüsterte Isabella, als sie Francescos missmutiges Gesicht sah. Er warf ihr einen dankbaren Blick zu. Francesco hasste es, allein im Haus zu sein, wenn sein Meister nicht da war. In letzter Zeit reiste Leonardo oft ganz kurzfristig nach Mailand. Manchmal durfte Francesco mitkommen, aber manchmal auch nicht. Leonardo da Vinci hatte neulich angemerkt, dass es wohl wieder an der Zeit wäre, für ein paar Jahre nach Mailand zu ziehen. Bevor Francesco zu ihm in den Haushalt kam, hatte Leonardo einige Jahre in Mailand verbracht. Nach Florenz war er erst vor etwa einem Jahr zurückgekehrt. Dabei mochte Francesco Florenz viel lieber als Mailand. Hier gab es jeden Tag etwas Neues zu entdecken. Die Stadt brodelte vor lauter neuen Ideen und Erfindungen. Es schien, als ob Florenz alle klugen und einfallsreichen Köpfe des Landes magisch anzog. Aber natürlich konnte es keiner mit der Genialität seines Meisters Leonardo aufnehmen. Leonardo da Vinci war ein sogenanntes Universalgenie und es gab kein Gebiet, auf dem er sich nicht auskannte. Er war Künstler, Ingenieur, Wissenschaftler, Philosoph und Erfinder in einer Person. Jeden Tag fand Francesco in der Werkstatt neue Skizzen mit seltsam aussehenden Geräten darauf, die sein Meister mal eben schnell hingekritzelt hatte. Die Funktion vieler dieser Erfindungen verstand Francesco nicht, aber er wusste, dass man sehr viel Ahnung von Mathematik, Astronomie, Architektur und Biologie haben musste, um solche Maschinen zu erfinden. Wie sein Meister Leonardo eben.

☛ Aufgabe 10

Beantworte folgende Fragen:

1. In welcher Stadt hat Leonardo da Vinci gelebt, bevor er Francesco als Lehrling aufnahm?

   ....

2. Leonardo da Vinci wird von Francesco als Universalgenie bezeichnet. Was bedeutet das?

   ....

   ....

   ....

   ....

Francesco war sehr stolz, dass er bei Leonardo arbeiten und an seinen genialen Erfindungen teilhaben durfte. Neulich erst zeigte Leonardo ihm eine Skizze von einer Kutsche ohne Pferde, die allein von ein paar Zahnrädern angetrieben wurde. Leonardo da Vinci war der Meinung, dass dieses merkwürdige Gerät eventuell auch Menschen transportieren könnte, aber Francesco hatte insgeheim so seine Zweifel daran.

Leonardos Kutsche ohne Pferd

☛ Aufgabe 11

Kannst du folgende Frage richtig beantworten?

Wie nennt man die „Kutsche ohne Pferde“, die Leonardo skizziert hat, heute?

....

Mit einem Seufzer machte sich Francesco daran, das Chaos in der Werkstatt zu beseitigen. Überall auf dem Boden stapelten sich lose Notizzettel, und unzählige kleine Büchlein, in die Leonardo ständig etwas hineinkritzelte, lagen verstreut auf den Tischen herum. Und dann waren da auch noch diese vielen kleinen Zahnrädchen und Schrauben und Drähte ... Es würde Tage dauern, bis er endlich alles aufgeräumt und geordnet hatte! Wie gut, dass ihm wenigstens Isabella zur Seite stand.

In der Nacht konnte Francesco nicht einschlafen. Er wälzte sich in seinem Bett hin und her und fand keine Ruhe. Immer wieder dachte er an den Dieb. Leonardo hatte Francesco zwar gesagt, dass er mit der Suche nach dem Dieb warten solle, bis er aus Mailand wieder da wäre, aber Francesco konnte unmöglich so lange untätig herumsitzen. Er schwor sich, etwas zu unternehmen, und zwar gleich morgen früh. Und er hatte auch schon einen genialen Plan.

Dem Dieb auf der Spur

★ ★ ★

Als Francesco am nächsten Morgen aufstand, war sein Meister schon fort. Kaum hatte er sich angezogen, klopfte es auch schon dreimal an der Tür. Bella! Francesco zog Isabella ohne große Worte in die Werkstatt.

„Du hast es aber eilig mit dem Aufräumen", meinte sie spöttisch.

„Ach Quatsch, wir haben jetzt keine Zeit aufzuräumen. Wir müssen etwas unternehmen, um das Gemälde der ‚Mona Lisa' zurückzubekommen", sagte Francesco aufgeregt.

„Aber Leonardo hat doch gesagt ...", widersprach Isabella ihm.

„Ich weiß, was Leonardo gesagt hat, aber wir können doch nicht einfach nur so herumsitzen! Bis Leonardo wiederkommt, ist der Dieb womöglich mit dem Bild schon über alle Berge! Also habe ich mir Folgendes überlegt." Isabella schüttelte den Kopf. Wenn Francesco einmal in Fahrt war, konnte ihn so schnell nichts mehr bremsen. Am besten wäre es, sie würde ihm bei seiner Schnapsidee, den Dieb auf eigene Faust zu suchen, helfen. So könnte sie ihn zumindest im Auge behalten. Und letzten Endes war sie natürlich auch neugierig, wie Francesco den Dieb zur Strecke bringen wollte.

„Also, schieß los, was hast du vor?“, fragte sie ihn.

„Zuerst müssen wir die Fakten sammeln“, erläuterte Francesco ihr mit leuchtenden Augen. „Leonardo hat mir einmal das Prinzip wissenschaftlichen Denkens erklärt:

Erstens: Beobachte und beschreibe, was passiert ist. Zweitens: Stelle Fragen zu den Beobachtungen. Drittens: Bilde eine These, die das Beobachtete erklären könnte. Viertens: Überprüfe die These. Fünftens: Fasse alles zusammen und formuliere eine Theorie, das heißt, stelle die bewiesene Sache dar. Das lässt sich doch etwas abgeändert auch prima für unsere Detektivarbeit anwenden, oder?“

Francesco erklärte Isabella das Prinzip des wissenschaftlichen Denkens.

„Okay, ganz langsam“, bremste Isabella Francescos Wortschwall und nahm sich einen Stift und Papier. „Fangen wir mit dem ersten Punkt an, unsere Beobachtungen: Das Bild der ‚Mona Lisa‘ ist weg. Irgendjemand hat es von der Wand im Erker genommen. Laut der Aussage deiner Zigeunerin war es ein Mann mit einem Umhang.“

Sie schrieb sich alles sehr genau auf einem Stückchen Papier auf.

Plötzlich hielt sie inne und schaute Francesco mit großen Augen an. „Gerade fällt mir ein, dass ich den Mann vielleicht sogar gesehen habe! Vorgestern, also einen Tag vor dem Diebstahl, saß ich bei mir zu Hause am Fenster und habe gesehen, wie ein Mann mit einem roten Umhang vor eurer Werkstatt stand. Er hat das Haus lange beobachtet und ich hab mich noch gewundert, was er da so lange macht. Leider konnte ich sein Gesicht nicht erkennen, weil er mit dem Rücken zu mir stand. Ich hatte das bis eben vergessen!“

„Das also meinte die Zigeunerin mit ‚Ein Mann mit einem Umhang aus Feuer‘ – ein roter Umhang!“, rief Francesco aufgeregt. „Und weißt du, wer einen roten Umhang anhatte? Michelangelo und sein Begleiter, als wir ihnen auf dem Nachhauseweg vom Markt begegneten! Los, machen wir weiter mit dem zweiten Punkt, Fragen stellen: Warum hat der Mann mit dem roten Umhang das Bild gestohlen?“

Wer war der Bilderdieb?

„Entweder weil er das Bild verkaufen will oder weil er neidisch auf Leonardos Erfolg ist und sich seine Maltechnik heimlich aneignen möchte“, überlegte Isabella laut. „Vielleicht war es tatsächlich Michelangelo, wie Leonardo bereits vermutet hat. Auf ihn würden jedenfalls der rote Umhang und der Neidfaktor hindeuten und ...“ Isabella dachte kurz nach.

„... damit haben wir auch schon eine erste These“, schloss Francesco.

„Was genau meinst du denn mit dem Wort ‚These'?“, fragte Isabella.

„Eine These ist eine unbewiesene Vermutung, also etwas, das wir annehmen, aber noch nicht beweisen können. Unsere These lautet: Michelangelo ist der Hauptverdächtige“, erklärte Francesco stolz. „Deshalb hat Michelangelo auch so spöttisch gelächelt, als wir ihm in der Gasse begegnet sind! Er dachte dabei bestimmt an die ‚Mona Lisa‘, die er Leonardo gestohlen hat!

Jetzt müssen wir das Ganze nur noch überprüfen. Am besten machen wir uns auf den Weg zu Michelangelos Werkstatt und schauen uns dort ein wenig um. Vielleicht hat er das Gemälde der ‚Mona Lisa' dort versteckt oder verrät sich, wenn wir ihm unauffällig Fragen stellen.“

„Francesco, bevor wir losgehen: Erinnerst du dich noch daran, dass die Zigeunerin gesagt hat: ‚Wenn die Sonne in der Mitte des Tages steht, kommt der Mann wieder'? Das könnte doch bedeuten, dass der Dieb heute noch einmal wiederkommt. Wenn die Sonne in der Mitte des Tages steht, dann müsste es ungefähr ..." Francesco schaute Isabella gespannt an. „... zwölf Uhr sein!", endete Isabella mit einem triumphierenden Lächeln.

„Das ist es, Bella! Wir müssen heute nur um zwölf Uhr hier sein, dann können wir den Dieb schnappen! Es ist jetzt etwa zehn Uhr, also haben wir noch zwei Stunden Zeit, um etwas in der Werkstatt von Michelangelo herauszufinden. Sollten wir dort keine eindeutigen Beweise für den Diebstahl finden, kommen wir zurück und schnappen den Dieb hier!"

„Also nichts wie los!", sagte Isabella und marschierte auch schon zur Tür.

☛ Aufgabe 12

Leonardo da Vinci hat seine Methode wissenschaftlichen Arbeitens in einfachen Schritten zusammengefasst.

Wie lauten die einzelnen Schritte?

1. ....
2. ....
3. ....
4. ....
5. ....

Bei Michelangelo

★ ★ ★

Die Tür zu Michelangelos Werkstatt stand offen. Es waren einige Leute da, die sich seine Werke anschauen wollten. Michelangelo führte sie herum und erklärte einzelne Skizzen oder Techniken, die er beim Anfertigen der Statuen verwendete. Besonders die Skizzen der David-Statue schienen die Besucher zu faszinieren. Die Leute stellten Michelangelo unentwegt Fragen dazu. Francesco und Isabella mischten sich einfach unter die anderen Besucher und schauten sich unauffällig im Raum um. Als einige Besucher sich absonderten, um ein Gemälde Michelangelos näher in Augenschein zu nehmen, gesellten sich Isabella und Francesco dazu.

„Stell ihm jetzt die Fragen, die wir vorher ausgemacht haben! Das ist die Gelegenheit! Ich bleibe lieber im Hintergrund – nicht, dass er mich wiedererkennt“, flüsterte Francesco Isabella zu.

„Signor Michelangelo, erlauben Sie mir bitte die Frage, ob Sie denn schon einmal etwas von der Sfumato-Technik gehört haben?“, fragte Isabella höflich.

Michelangelo schaute Isabella überrascht an. „Nun ja“, antwortete er, „gehört habe ich schon davon, aber es ist nicht meine Art, Techniken anderer Künstler zu kopieren. Ich schöpfe aus meiner eigenen Inspiration.“ Er wollte schon weitergehen, als Isabella sich nach vorne drängelte, um ihn weiter zu befragen.

„Man sagt, dass Leonardo da Vinci das größte Werk dieser Zeit geschaffen hat – das Gemälde der ‚Mona Lisa'. Was halten Sie davon?", fragte sie zuckersüß.

Michelangelo stieg die Zornesröte ins Gesicht. „Junges Fräulein, welcher Künstler Größe hat und welcher nicht, wird die Zeit zeigen und nicht der momentane Augenblick. Können wir uns nun wieder meinen Werken widmen und diesen nichtigen da Vinci beiseitelassen?", presste Michelangelo wutschnaubend heraus. Am liebsten hätte er diese freche Göre angeschrien, aber weil noch andere Leute um ihn herumstanden, versuchte er sich zu beherrschen.

„Eine Frage noch, Signor Michelangelo", fing Isabella wieder an und schmunzelte in sich hinein. „Würden Sie ein Verbrechen begehen – sagen wir beispielsweise einen Diebstahl – um Ihre Kunstfertigkeit weiterzuentwickeln?"

Michelangelo wurde blass im Gesicht.

Isabella befragte Michelangelo in seiner Werkstatt.

„Jetzt haben wir ihn!“, triumphierte Francesco innerlich, als er sah, wie erschrocken Michelangelo plötzlich wirkte.

„Also, das ist doch die Höhe!“, schnaubte Michelangelo, drehte sich um und ging aus dem Raum. Francesco und Isabella folgten ihm unauffällig. Sie sahen, wie sich Michelangelo hinter einem Vorhang im Nebenraum mit einem seiner Lehrlinge unterhielt. Leider konnten sie sich nicht näher an den Vorhang heranschleichen, ohne dass es auffiel. Deshalb konnten sie nur einzelne Gesprächsfetzen hören:

„... dummes Kind, das mich aushorchen will ... schaffe die ... von hier fort ... versucht, zu stehlen ...“ Dann raschelte der Vorhang, Michelangelo trat hervor, schaute sich verstohlen um und eilte dann mit bleichem Gesicht davon.

☛ Aufgabe 13

Welche Begriffe gehören zusammen? Ordne sie entsprechend zu!

1. Michelangelo	a) Gemälde der „Mona Lisa“
2. Leonardo da Vinci	b) Statue des David
3. Bildhauer	c) Pinsel
4. Maler	d) Hammer und Meißel

Francesco und Isabella durchsuchten die Werkstatt.

Francesco und Isabella jubelten – jetzt waren sie sich sicher, dass Michelangelo das Bild gestohlen hatte. Wenn sie hier jetzt auch noch das Bild der „Mona Lisa" finden würden, dann wäre die Sache geklärt. Suchend sahen sie sich um, schlichen sich unbemerkt in die einzelnen Räume des Hauses, schauten in jede Ecke, aber von der „Mona Lisa" fanden sie keine Spur. Zweimal wurden sie bei ihren Schnüffeleien beinahe erwischt, konnten aber gerade noch entwischen. Als sie alle nur möglichen Verstecke genau unter die Lupe genommen und nichts gefunden hatten, setzten sie sich enttäuscht auf den Bordstein vor Michelangelos Werkstatt.

„Nichts. Die ‚Mona Lisa' ist hier nirgends. Und ohne das Gemälde können wir Michelangelo nichts nachweisen!", sagte Francesco mit hängenden Schultern. Isabella sprang plötzlich auf. „Los, wir müssen in Leonardos Werkstatt, du weißt doch, die Prophezeiung der Zigeunerin! Es ist schon beinahe zwölf Uhr!", rief sie und beide rannten so schnell es ging zu Leonardos Werkstatt zurück.

Die Zigeunerin warnte vor der Mittagszeit.

Als sie in der Werkstatt ankamen, schaute Francesco schnell auf eine von Leonardos Uhren. Es war gerade zwölf Uhr geworden, sie waren nicht zu spät! Plötzlich hörten sie ein Geräusch in der Küche. Mit klopfendem Herzen schlichen sie sich in die Küche, bereit, den Dieb zu stellen. Aber in der Küche war niemand. Nur eine kleine Maus schaute sie mit großen Augen an und wühlte dann weiter im Abfall. Sie blieben zwei weitere Stunden angespannt in der Werkstatt sitzen. Aber der Dieb ließ sich nicht blicken.

Nur eine kleine Maus war in der Küche.

„Vielleicht war heute der falsche Tag? Vielleicht kommt er morgen?", fragte Isabella hoffnungsvoll.

„Ja, vielleicht morgen oder übermorgen oder an einem anderen Tag. Wenn es überhaupt stimmt, dass der Dieb wirklich noch einmal zurückkehrt. Ich hab genug für heute. Lass uns nicht länger warten, sondern uns morgen wieder hier um zwölf Uhr in der Werkstatt treffen, vielleicht erwischen wir ihn dann", sagte Francesco zu Isabella.

Als Isabella gegangen war, schnappte sich Francesco einen Korb und ging seufzend nach draußen, um in der Stadt ein paar neue Farben für seinen Meister zu besorgen. Er musste sich ablenken, damit er nicht mehr über den Raub des Gemäldes nachdachte, und zum Aufräumen hatte er jetzt keine Lust.

Ein Notizzettel und andere Schriftstücke

★ ★ ★

Jeden Mittag kurz vor zwölf Uhr trafen sich Francesco und Isabella in Leonardos Werkstatt und warteten darauf, dass sich der Dieb noch einmal blicken ließ. Aber sie warteten vergeblich. Francesco hatte alle Hände voll zu tun, die vielen Skizzen und Zeichnungen Leonardos zu sortieren und das Haus auf Vordermann zu bringen. Isabella half ihm dabei, so gut es ging. Langsam gaben sie die Hoffnung auf, dass der Dieb wiederkommen würde. Sie beschlossen, noch einmal zu Michelangelos Werkstatt zu gehen. Vielleicht hatten sie doch irgendetwas übersehen. Aber als Michelangelo Isabella entdeckte, jagte er sie beide schimpfend davon.

Es war bereits der dritte Tag, nachdem das Bild der „Mona Lisa" verschwunden war, als Isabella beim Aufräumen auf eine interessante Zeichnung stieß. Auf dem Blatt war ein Mensch mit vier Armen und vier Beinen abgebildet, der in einem Kreis und einem Viereck stand. Jeder Muskel dieses Mannes war gut erkennbar und Isabella war erstaunt, wie detailgetreu Leonardo diesen Menschen gezeichnet hatte. Sie hatte ein menschliches Abbild in dieser Genauigkeit noch nie zuvor gesehen. Erst nach einigen

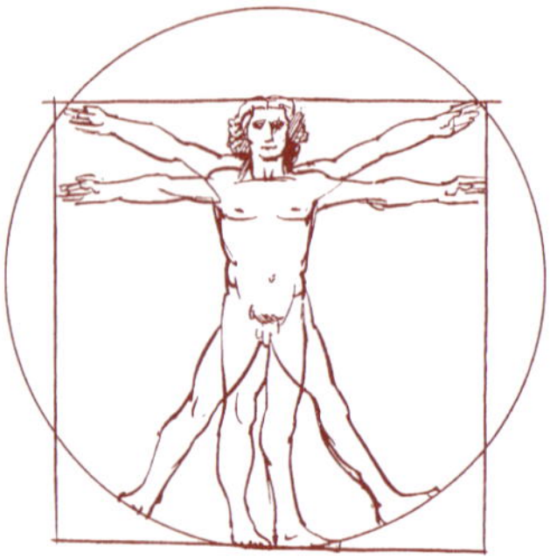

Vitruvs Mann

Minuten erkannte sie, dass der Mensch auf der Zeichnung keine vier Arme hatte, wie sie zuerst dachte, sondern dass Leonardo damit nur einfach die Bewegung von Armen und Beinen nachbilden wollte. Francesco schaute ihr über die Schulter.

„Das ist eine Zeichnung, die die Proportionen eines Menschen – also das harmonische Verhältnis der einzelnen Körperteile zueinander – darstellen soll“, sagte Francesco. „Leonardo nennt diese Darstellung ‚Vitruvs Mann', nach dem berühmten römischen Architekten Vitruvius. Leonardo hat mir erklärt, dass zum Beispiel die Breite der Schultern etwa einem Viertel der gesamten Körpergröße entspricht.“

„Und der Nabel ist der Mittelpunkt des Körpers“, ergänzte Isabella.

Francesco hob erstaunt die Augenbrauen.

„Genau, woher weißt du das?“, fragte er.

„Na, das sieht man doch hier auf dem Bild auf den ersten Blick – der Nabel liegt exakt im Mittelpunkt des Kreises. Ich bin schließlich nicht auf den Kopf gefallen“, antwortete Isabella grinsend und knuffte Francesco in die Seite.

Francesco war erstaunt, wie schnell Bella die Darstellung erfasst hatte. Er war damals, als er die Abbildung zum ersten Mal in den Händen gehalten hatte, nicht so schnell darauf gekommen.

☛ Aufgabe 14

Stimmt es, was Leonardo über die Proportionen eines Menschen herausgefunden hat? Nimm ein Maßband und miss bei dir nach! Dann kreuze an, ob die Behauptungen richtig oder falsch sind.

1. Die Breite der Schultern entspricht einem Viertel der gesamten Körpergröße.
   (Tipp: Miss mit dem Maßband erst die Breite deiner Schultern, dann deinen gesamten Körper. Die Größe deines Körpers teilst du dann durch 4. Ist die Zahl, die dabei herauskommt, etwa die gleiche wie die Zahl, die du bei deinen Schultern gemessen hast, dann stimmt diese Behauptung.)
   ○ richtig ○ falsch

2. Die Länge vom Handgelenk bis zur Spitze des Mittelfingers beträgt ein Zehntel der Körpergröße.
   (Tipp: Miss nach, wie viele Zentimeter es von deinem Handgelenk bis zur Spitze des Mittelfingers sind. Dann miss genau nach, wie groß du insgesamt bist. Teile dann deine Körpergröße durch 10. Wenn die beiden Ergebnisse etwa gleich sind, stimmt die Behauptung.)
   ○ richtig ○ falsch

Isabella hörte, wie die Glocken draußen schlugen. Es war genau zwölf Uhr. Sie blickte Richtung Tür, aber der Dieb schien heute wieder nicht aufzutauchen. Sie seufzte leise. So langsam kamen ihr Zweifel, dass die Wahrsagerin Recht hatte mit ihren Prophezeiungen. Wer weiß, ob die alte Frau überhaupt aus der Hand lesen konnte. Vielleicht tat sie nur so, um den Leuten das Geld aus der Tasche zu ziehen.

„Verflixt noch mal!“, fluchte Francesco. „Ich werde noch wahnsinnig!“

„Was ist denn los?“, fragte Isabella und ging zu Francesco auf die andere Seite des Tisches hinüber.

„Leonardo hat die Angewohnheit, viele seiner Texte verschlüsselt zu schreiben, damit ein zufälliger Betrachter nicht gleich hinter das Geheimnis seiner Erfindungen kommt. Nur macht es dies natürlich schwieriger, alle seine Blätter ordentlich zu sortieren. Ich brauche ewig, bis ich weiß, was auf den Blättern steht. Hier zum Beispiel, kannst du entziffern, was Leonardo da wieder geschrieben hat?“

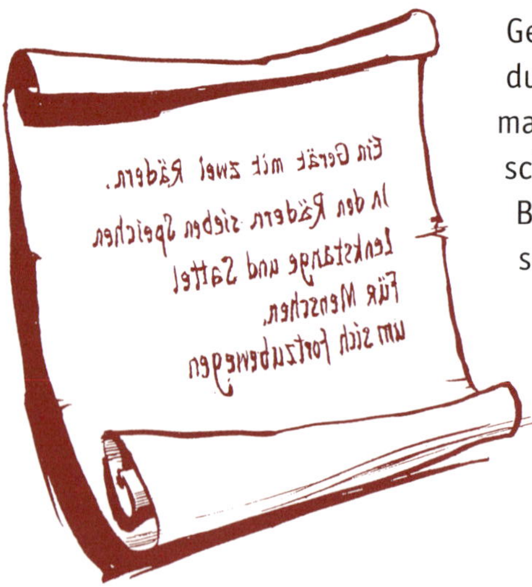

Leonardo schrieb seine Notiz in Spiegelschrift.

☛ Aufgabe 15

1. Kannst du Francesco helfen, Leonardos Text zu entschlüsseln? Was steht auf dem Blatt?
(Tipp: Nimm einen Spiegel und halte ihn seitlich an die Zeilen. Lies dann, was im Spiegel steht!)

Lösung: ....

....

....

....

2. Um was für ein Gerät könnte es sich bei Leonardos Beschreibung handeln? Kreuze an.

○ a) um einen Schubkarren
○ b) um ein Spielzeug
○ c) um ein Fahrrad

„Das ist Spiegelschrift", stellte Isabella nach einem Blick auf den Notizzettel fest. „Wenn du einen Spiegel an die Wörter hältst, kannst du erkennen, was Leonardo geschrieben hat. Leonardo hat mir mal die Spiegelschrift beigebracht, als ich noch etwas jünger war."

Plötzlich hörten Francesco und Isabella ein Geräusch. Das Quietschen einer sich öffnenden Tür war zu hören, dann schwere Schritte. Die beiden erstarrten. Der Dieb war zurückgekommen!

„Schnell unter den Tisch!“, flüsterte Francesco.

Sie krochen eilig unter den Tisch und hofften, dass der Dieb sie noch nicht entdeckt hatte.

„Schau mal, was hier liegt!“, flüsterte Isabella leise und zeigte auf ein Stück beschriebenes Papier, das unter dem Tisch auf dem Boden lag.

„Psst!“, machte Francesco und legte beschwörend einen Finger an die Lippen.

„Hallo, jemand zu Hause?“, rief da eine ihnen bekannte Stimme. Leonardo!

„Was treibt ihr denn unter dem Tisch?“, fragte Leonardo da Vinci erstaunt, als er sah, wie Isabella und Francesco verlegen unter dem Tisch hervorkrochen.

„Wir haben eine interessante Entdeckung gemacht, während Ihr weg wart, Meister“,

Francesco und Isabella versteckten sich unter dem Tisch.

versuchte Francesco abzulenken und wischte sich den Staub von der Hose. Er erzählte Leonardo kurz, was sie in der Zwischenzeit herausgefunden hatten. Während Francesco Leonardo von den letzten Tagen berichtete, schaute sich Isabella das Papier, das sie unter dem Tisch gefunden hatte, näher an. Es war nur eine handgeschriebene Notiz darauf erkennbar: „Sonntag, Ausstellung bei Bernardo Ruccellai, Mittagsstunde, Mona Li..." Der Rest des Blattes war abgerissen. Die Schrift war ihr unbekannt. Es war auf keinen Fall die schnörkelige Schrift Francescos. Und Leonardos Schreibstil war trotz aller Ähnlichkeiten etwas kantiger.

„Seht doch einmal her, was ich gefunden habe!", versuchte Isabella die Aufmerksamkeit von Francesco und Leonardo auf das Papier zu lenken. Leonardo da Vinci kam näher und schaute sich den Zettel sehr genau an.

„Das ist keine Schrift, die ich vorher schon einmal gesehen habe", sagte er stirnrunzelnd.

„Was, wenn es ein Notizzettel des Diebes ist, den er hier aus Versehen verloren hat?", mutmaßte Isabella.

„Seit dem Diebstahl waren außer Isabella und mir keine anderen Leute mehr in der Werkstatt, also kann es auch keiner der Besucher, die sonst hier vorbeikommen, verloren haben", fügte Francesco eifrig hinzu. Vielleicht hatten sie jetzt endlich wieder eine heiße Spur!

Ein Hinweis auf den Dieb

„Hmmm“, brummelte Leonardo nachdenklich in seinen Bart. Er wusste, dass die beiden nicht eher Ruhe geben würden, bis das Bild wieder in Leonardos Besitz war. Dass sie während seiner Abwesenheit auf eigene Faust weiter recherchiert hatten, war zwar sehr leichtsinnig gewesen, aber es zeugte auch vom großen Mut der kleinen Detektive.

„Bevor wir weiter überlegen, möchte ich euch noch sagen, dass eure eigenständige Suche ohne mich äußerst unvorsichtig war. Ihr habt gegen meine ausdrückliche Bitte gehandelt und hättet dabei unbedacht in Gefahr geraten können! Solche Alleingänge werde ich zukünftig nicht mehr dulden, habt ihr das verstanden?“, sagte Leonardo ernst. Francesco und Isabella schauten schuldbewusst zu Boden und nickten.

„Nun gut. Wir werden eurer Spur zu Michelangelo weiter nachgehen. Und ich habe auch schon eine Idee. Ich kenne Bernardo Ruccellai sehr gut, weil ich bereits einige seiner Gärten mit Bewässerungsanlagen ausgerüstet habe. Letzte Woche, als ich ihn zufällig auf der Straße traf, hat er mich ebenfalls zu dieser Kunstausstellung in seinem Garten am Sonntag eingeladen. Ich wollte erst absagen, aber nun, nachdem Isabella diesen Notizzettel gefunden hat, habe ich es mir anders überlegt. Sollte Michelangelo tatsächlich der Dieb sein, wird er bei der Ausstellung auftauchen und dann werden wir ihm eine Falle stellen.“ Leonardo da Vinci blinzelte Francesco und Isabella verschwörerisch zu.

„Dürfen wir denn mit zu der Ausstellung?“, fragte Isabella schüchtern.

„Ja, natürlich. Ich werde doch in diesem Fall nicht auf die schlausten Detektive von Florenz verzichten!", antwortete Leonardo mit einem Lächeln.

Isabella und Francesco jubelten.

„Aber nun hört euch meinen Plan an, wie wir Michelangelo auf frischer Tat ertappen können. Es sind nur noch zwei Tage bis zur Ausstellung. Wenn alles so funktioniert, wie ich es mir vorstelle, dann werden wir die ‚Mona Lisa' bald wieder in den Händen halten können …" Er beugte sich leicht zu Francesco und Isabella hinunter und teilte ihnen mit leiser Stimme seinen Plan mit.

Leonardo teilte den Kindern seinen Plan mit.

☛ Aufgabe 16

Was erfährst du im folgenden Abschnitt über Leonardo da Vinci? Unterstreiche alle wichtigen Informationen!

Leonardo da Vinci war oft in Mailand und lebte und arbeitete dort viele Jahre. Neben seiner Arbeit als Maler hat er in Mailand ein neuartiges Abwasserkanalsystem entwickelt. Leonardo wusste, wie wichtig Sauberkeit und Hygiene für die Menschen sind. Ende des 15. Jahrhunderts überrollte die Pest auch Mailand. Ein Drittel der Einwohner starb an dem sogenannten „Schwarzen Tod" – Leonardo war einer der wenigen, der die Pest überlebte. Einer der Hauptgründe für die Seuche war die Verschmutzung der Stadt, denn die Menschen warfen ihren Müll einfach auf die Straße.

Leonardo entwickelte Ideen für ein Kanalsystem, durch das die Stadt Mailand mit Frischwasser versorgt werden konnte. Außerdem sollte mit einem zweiten Kanalsystem der Unrat der Stadt durch unterirdische Röhren aus der Stadt befördert werden. Zeitlebens war Leonardo fasziniert von Wasser. Neben dem Abwassersystem beschäftigte er sich auch mit Wasserfahrzeugen, Pumptechniken, Wassertürmen, Schleusen und Brücken.

Eine Falle für den Dieb

★ ★ ★

Die nächsten zwei Tage gingen beinahe wie im Flug vorüber. Es gab unheimlich viel für Leonardo und Francesco zu tun. Alte Arbeiten mussten dringend abgeschlossen und neue Aufträge endlich angefangen werden. Isabella war während der beiden Tage selbst sehr beschäftigt, da sie ihrem Vater in der Werkstatt helfen musste. Nur mittags gegen zwölf Uhr stand sie immer vor Leonardos Haus, um zu sehen, ob der Dieb nicht doch noch einmal dort auftauchen würde. Aber der Dieb ließ sich nicht mehr blicken.

Francesco mischte neue Farben an, als er sah, dass Leonardo das Gemälde „Leda und der Schwan" aus einer Ecke holte und es auf eine Staffelei in den Erker stellte. Schon seit Monaten hatte er nicht mehr daran gearbeitet. Francesco seufzte innerlich. Sein Meister hatte leider wirklich die Angewohnheit, viele Dinge einfach nicht zu Ende zu bringen. Das Bild war noch nicht einmal zur Hälfte fertig. Den ganzen Nachmittag arbeiteten sie gemeinsam an

Den ganzen Nachmittag arbeiteten Francesco und Leonardo an „Leda und der Schwan".

dem Bild. Der Schwan war nun schon beinahe vollendet, aber Leda fehlte noch ein Gesicht. Leonardo erklärte Francesco, was es mit der Sage um „Leda und den Schwan" auf sich hatte:

„Eines Tages verliebte sich der Gott Zeus in Leda, die verheiratete Königin von Sparta", begann er. „Als Leda an einem heißen Tag zum Baden in einen Gebirgsfluss ging, flog plötzlich ein Schwan vom Himmel. Der Schwan war niemand anderes als Zeus, der sich in den Schwan verwandelt hatte, um sich Leda unauffällig nähern zu können. Die beiden verbrachten die Nacht zusammen. Leda wurde schwanger und gebar aus zwei Eiern zwei Zwillingspärchen. Die beiden Zwillinge Kastor und Klytämnestra stammten zwar von Ledas Ehemann Tyndareos, die beiden anderen Kinder Helena und Pollux jedoch von Zeus. Kastor und Pollux gelten auch heute noch als Helfer in der Not, vor allem für Menschen, die sich im Kampf oder in Seenot befinden. Ihre Schwester Helena löste durch ihre überirdische Schönheit den Trojanischen Krieg aus. Aber das ist eine andere Geschichte, die ich dir später einmal erzählen werde", schloss Leonardo seine Erzählung ab. Er musste sich jetzt wieder voll auf das Malen konzentrieren, tauchte den Pinsel in die Farbe und fuhr ein paar Konturen des Schwans nach.

Francesco fand die alten griechischen Göttersagen ungemein spannend. Was da immer alles passierte! Er wollte bei nächster Gelegenheit unbedingt mehr über den Göttervater Zeus erfahren. Vielleicht gab es ja in Leonardos Bücherregal auch ein Buch dazu, das er lesen konnte.

☛ Aufgabe 17

Auf Leonardos halbfertigem Gemälde kann man schon einiges erkennen. Wähle unter den folgenden Begriffen die richtigen aus und umkreise sie.

Schwan – Kranich – Katze – Frau – Mann – Ei – Baby – Spiegelei – Kinder – Burg – Meer – Vögel – Baum – Berg

„So, Schluss für heute“, sagte Leonardo da Vinci nach einer Weile und fing an, die Pinsel und Farben zusammenzuräumen. Francesco half ihm dabei. Sie waren mit dem Malen heute ein gutes Stück vorwärtsgekommen. Nach dem Abendessen zog sich Leonardo zurück, weil er noch einiges, was ihm im Kopf herumging, in sein Notizbuch schreiben wollte. Francesco dagegen machte sich bettfertig. Es war ein anstrengender Tag gewesen und morgen war schließlich Sonntag – da wollten sie zu Ruccellais Kunstausstellung gehen. Francesco war schon sehr aufgeregt, hoffentlich ging morgen nichts schief. Und obwohl ihm noch tausend Gedanken im Kopf herumspukten, fiel er schon bald in tiefen Schlaf.

Isabella im Nachbarhaus dagegen fand in dieser Nacht keine Ruhe. Immer wieder versuchte sie sich zu erinnern, wie der Mann ausgesehen hatte, den sie vor einer Woche vor

Leonardos Haus hatte stehen sehen. War es wirklich Michelangelo gewesen oder waren sie womöglich auf einer völlig falschen Fährte? Zu dumm, dass sie das Gesicht des Mannes nicht hatte erkennen können. Nur dieser rote Mantel war ihr im Gedächtnis geblieben. Und auf diesem roten Mantel, da war sie sich sicher, waren zwei ineinander verschlungene Buchstaben gestickt. Sie glaubte, sich erinnern zu können, dass es ein *S* und ein *L* gewesen waren. Standen die beiden Buchstaben nicht als Abkürzung für *San Luca,* den Schutzpatron der Malergilde? Dann müsste ihr Verdacht, dass Michelangelo den Diebstahl begangen hatte, eigentlich richtig sein. Schließlich war er auch Maler und bestimmt in einer Gilde. Sie seufzte. Es brachte ja doch nichts, wenn sie sich jetzt den Kopf darüber zerbrach. Morgen würden sie weitersehen. Sie beschloss, nicht mehr daran zu denken. Es war kurz vor Sonnenaufgang, als sie endlich einschlief.

☛ Aufgabe 18

Wofür stehen das S und das L, die Isabella auf dem Umhang des Diebes entdeckt hat? Kreuze an.

○ a) Santa Lucia
○ b) Sir Longbottom
○ c) San Luca

Francesco lief schnell die Treppen zur Eingangstür hinunter. Es hatte dreimal geklopft, das konnte nur Bella sein. Mit müden kleinen Augen stand sie vor ihm.

„Ich hab kaum ein Auge zugetan heute Nacht – wird Zeit, dass wir den Dieb endlich fangen, damit ich mal wieder in Ruhe schlafen kann. Was guckst du denn so?", fragte sie mürrisch. Francesco grinste. Wenn Bella nicht ausgeschlafen hatte, war sie immer unausstehlich. Und trotzdem, um nichts in der Welt würde er seine Freundin eintauschen wollen. Ihre rote Mähne hatte sie heute zu einem losen Zopf zusammengebunden, sodass ihre vielen Sommersprossen gut zu sehen waren. Francesco liebte ihre Sommersprossen. Gut gelaunt stupste er Isabella auf die Nasenspitze.

„Komm erst einmal herein, Leonardo braucht noch ein paar Minuten, dann können wir los", sagte Francesco und schob Isabella in die Werkstatt. Jedes Mal, wenn Isabella in Leonardos Werkstatt kam, fielen ihr zuallererst die vielen vogelähnlichen Holzkonstruktionen auf, die von der Decke hingen. So auch heute. Manche dieser Modelle bestanden lediglich aus zwei Flügeln ohne Körper, andere sahen aus wie riesige vierflügelige Schmetterlinge und ein Gebilde erinnerte sie sogar an ein Schiff – ein fliegendes

In Leonardos Werkstatt hingen verschiedene Flugmodelle von der Decke.

sozusagen, mit beweglichen Flügeln und einer Steuerflosse. Leonardo nannte diese Fluggeräte „uccelli“ – „Vögel “, weil er von der Flugkunst der Vögel fasziniert war. Wann immer er konnte, ging er mit einem Skizzenblock nach draußen und zeichnete Vögel und Fledermäuse. Wenn Isabella Besorgungen für ihre Mutter erledigen musste, sah sie Leonardo manchmal einfach so auf dem Domplatz stehen und die Vögel am Himmel beobachten. Dass Menschen eines Tages fliegen können, war Leonardos größter Traum. Es gab viele in Florenz, die ihn deswegen auslachten.

☛ Aufgabe 19

Kannst du folgende Fragen richtig beantworten?

1. Welche Tiere faszinierten Leonardo am meisten?

   ....

2. Wie nannte Leonardo seine Flugapparate?

   ....

3. Was war Leonardos größter Traum?

   ....

4. Warum lachten damals die Leute über Leonardo?

   ....

5. Wie nennt man die Fluggeräte, die Leonardo angefertigt hat, heute?

   ....

Isabella löste ihren Blick von den Flugmodellen und gähnte. Sie war wirklich noch furchtbar müde. Aber kein Wunder: Sie hatte ja auch die halbe Nacht nicht geschlafen.

„Fertig!", rief Leonardo und strahlte. Isabella zuckte zusammen. Sie hatte gar nicht gemerkt, dass Leonardo in die Werkstatt gekommen war. Für die Ausstellung hatte er sich richtig schick gemacht und sogar seinen Bart gestutzt. Zu dritt machten sie sich nun auf zu Ruccellais Villa. Unterwegs erzählte Leonardo, dass Bernardo Ruccellais Gärten in ganz Florenz berühmt waren. Er investierte viel Geld in die Kunst – einige der schönsten Statuen Italiens waren in seinen Gärten zu finden. Außerdem war er der offizielle Gesandte der Stadt Florenz und verheiratet mit einer Medici. Die Medicis waren sehr einflussreiche und wohlhabende Bankiers und als Mäzene beschäftigten sie etwa die Hälfte aller Künstler in Florenz. Selbst Leonardo hatte schon einmal mit ihnen zu tun gehabt. Ab und zu, so wie heute, lud Ruccellai zu einem Treffen ein, bei dem er Bilder neuer Künstler ausstellte. Diese Treffen nutzten Künstler, um in Kontakt mit reichen Mäzenen oder Kunsthändlern zu kommen. Aber auch berühmte Maler oder Bildhauer ließen sich oft dort blicken, um sich die neuen Kunstwerke anzuschauen.

Als Leonardo da Vinci, Francesco und Isabella in der Villa von Bernardo Ruccellai ankamen, lief ihnen freudestrahlend ein rundlicher älterer Mann entgegen, der Leonardo herzlich in die Arme nahm. Es war der Gastgeber.

☛ Aufgabe 20

Kreuze die richtigen Antworten an.

1. Wer war Bernardo Ruccellai?
○ a) ein Sänger und Schauspieler
○ b) ein Kunstförderer und Gesandter der Republik Florenz
○ c) ein Tuchhändler mit viel Geld

2. Wer waren die Medici?
○ a) Einwanderer aus Österreich
○ b) mächtige Bankiers

„Buongiorno, buongiorno! Leonardo, wie schön, dass du doch noch kommen konntest! Und wie ich sehe, hast du noch zwei Gäste mitgebracht – willkommen!", rief Ruccellai erfreut aus, als er sie sah. Isabella mochte ihn auf Anhieb.

„Ciao, Bernardo. Ich danke dir für deine Einladung und bin schon sehr gespannt auf deine neuen Kunstwerke. Sag mal, ist Michelangelo eigentlich auch da?", fragte Leonardo in einem beiläufigen Ton.

„Si, si, Michelangelo ist irgendwo da hinten im Garten. Aber bevor du mir entwischst, möchte ich dir unbedingt ein beeindruckendes Gemälde von Raffael zeigen. Ach, dieser

Junge, er malt einfach göttlich!", sagte Ruccellai begeistert und zog Leonardo in den Garten.

Francesco und Isabella folgten ihnen. Zwischen zwei Akazien hatte Ruccellai eine Staffelei mit einem Gemälde darauf aufbauen lassen. Doch noch bevor Ruccellai etwas zu dem Gemälde sagen konnte, wurde er schon weggerufen und rauschte von dannen. Auf dem Gemälde vor ihnen war eine junge Frau mit einem Einhorn im Arm zu sehen. Leonardo betrachtete das Werk eingehend.

„Was sagt Ihr zu diesem Gemälde, Meister da Vinci?", war plötzlich eine Stimme zu vernehmen. Ein junger Mann, nicht älter als 23 Jahre, mit einer schwarzen Mütze auf dem Kopf, tauchte hinter einer der Akazien auf. Schüchtern trat er auf Leonardo zu.

„Raffael, du bist auch hier! Schön, dich zu sehen! Ein Einhorn als Stilelement zu verwenden ist überaus interessant. Wenn du so weitermachst, wirst du mich eines

Der Mäzen Bernardo Ruccellai begrüßte Leonardo und die Kinder.

Tages mit deiner Malkunst noch übertreffen", sagte Leonardo und nickte dem jungen Maler anerkennend zu. Raffael wurde rot im Gesicht vor Freude über das große Kompliment.

„Mit Euch kann es niemand aufnehmen, Leonardo da Vinci. Wenn ich da nur an das Lächeln der ‚Mona Lisa' denke ... Dürfte ich wohl in nächster Zeit noch einmal zu Euch kommen, um mir das Gemälde erneut anzusehen?", fragte Raffael.

„So gut ist die ‚Mona Lisa' nun auch wieder nicht", meldete sich von hinten jemand zu Wort. Ein Schatten fiel auf das Bild mit dem Einhorn. Es war Michelangelo. Francesco hielt den Atem an.

☛ Aufgabe 21

Welche Antwort ist die richtige? Kreuze an.

Wer hat das Bild „Dame mit Einhorn" gemalt?

○ a) Raffael
○ b) Michelangelo
○ c) Leonardo da Vinci

„Michelangelo, du auch hier? Sammelst du ein paar neue Ideen, weil dir deine eigenen ausgegangen sind?", spottete Leonardo. Inzwischen hatten sich noch mehr Leute zu ihnen gesellt. Zwei der größten Künstler und Rivalen von Florenz an einem Platz zusammen – das versprach auf jeden Fall spannend zu werden, dachten sich viele.

„Pah, das habe ich überhaupt nicht nötig!", antwortete Michelangelo überheblich.

Leonardo im Gespräch mit seinem Rivalen Michelangelo

„Na, dann kann ich dir ja guten Gewissens erzählen, dass ich gerade an einem neuen Bild arbeite. Ich werde es ‚Leda und der Schwan' nennen. Ich habe extra für diese Darstellung eine neue Technik entwickelt, die die Welt bisher noch nicht gesehen hat", erzählte Leonardo beiläufig. Michelangelo horchte auf. „Noch eine neue Maltechnik? Leonardo da Vinci steckt voller Überraschungen", dachte er bewundernd, ließ sich aber nach außen hin nichts anmerken.

„Dann passt gut auf Euer Bild auf. Neulich hatte ich Besuch von einer jungen Dame, die mir ein paar sehr eigenartige Fragen stellte. Ich vermute fast, dass sie vorhatte, mir eines meiner Kunstwerke zu stehlen. Kunsträuber, das sind die teuflischsten Menschen, die es gibt", ereiferte sich Michelangelo. Isabella zog laut den Atem ein. Das war doch die Höhe!

„Da, das ist das Mädchen, das in meiner Werkstatt war! Sie ist bestimmt eine Diebin!", rief Michelangelo, als er Isabella plötzlich erblickte, und ging drohend auf sie zu. Leonardo stellte sich ihm in den Weg, sodass Francesco mit der empörten Isabella schnell verschwinden konnte, bevor Michelangelo ihr noch an die Gurgel sprang.

„Michelangelo, sagt bloß, Ihr leidet an Verfolgungswahn?", versuchte Leonardo Michelangelo abzulenken. Als Michelangelo Isabella nirgends mehr entdecken konnte, beruhigte er sich wieder. Leonardo wunderte sich. Michelangelo machte nicht gerade den Eindruck wie jemand, der ein Bild gestohlen hatte. Im Gegenteil: Eher wie jemand, der Angst hatte, selbst bestohlen zu werden. Nachdenklich legte Leonardo die Stirn in Falten.

„Sagt einmal, wo wart Ihr eigentlich am letzten Sonntag, Michelangelo?", fragte Leonardo vorsichtig.

„Am letzten Sonntag? Da war ich in Rom, um mir die Sixtinische Kapelle für einen neuen Auftrag anzusehen. Als wir uns in der Gasse am Montag begegnet sind, bin ich gerade aus Rom zurückgekehrt. Aber wieso fragt Ihr danach?", wollte Michelangelo wissen.

Ohne eine Antwort zu geben, ging Leonardo davon. Er musste unbedingt Francesco und Isabella finden. „Wie werden die beiden enttäuscht sein, wenn ich ihnen erzähle, dass Michelangelo auf gar keinen Fall der Bilderdieb sein kann", dachte er traurig.

Francesco und Isabella hatten sich in Ruccellais Haus zurückgezogen. Als sie Leonardo kommen sahen, liefen sie ihm gespannt entgegen.

„Und, hat der Plan funktioniert?", fragten sie beide wie aus einem Mund. Leonardo da Vinci schüttelte den Kopf.

„Nein. Michelangelo ist nicht der Dieb. Er war in der Nacht des Diebstahls überhaupt nicht in Florenz. Schade, ich hatte schon geglaubt, er wäre in unsere Falle getappt. Aber als er so komisch auf Isabella reagierte, habe ich so meine Zweifel bekommen und nachgefragt, was er letzten Sonntag getan hat. Er war in Rom und gar nicht hier in der Stadt", bedauerte Leonardo.

„Was, wenn er gelogen hat?", fragte Francesco verzweifelt. Michelangelo war doch ihr einziger Verdächtiger! So schnell wollte er jetzt nicht aufgeben.

„Glaube mir, er hat tatsächlich die Wahrheit gesagt. Ich erinnere mich jetzt wieder, wie mir Raffael bei seinem letzten Besuch erzählt hat, dass Michelangelo nach Rom fahren wollte wegen eines neuen Auftrags und ihm anbot, mitzukommen. In meiner Zerstreutheit muss mir das bis jetzt entfallen sein. Tut mir leid. Jetzt werden wir die ‚Mona Lisa' wohl nie mehr wiedersehen." Leonardo hob bedauernd die Schultern. Francesco und Isabella schauten sich enttäuscht an. Sie konnten sich nicht vorstellen, wer sonst außer Michelangelo der Dieb sein sollte. Deprimiert machten sich die drei auf den Weg nach Hause.

Wenn die Sonne in der Mitte des Tages steht

★ ★ ★

Im Gegensatz zu Leonardo konnte Francesco nicht so schnell mit dem Diebstahl abschließen. Er ertrug es einfach nicht, dass der Dieb mit seiner Tat davonkommen sollte. Er konnte seit gestern, als sie von Ruccellais Ausstellung wiedergekommen waren, an nichts anderes mehr denken. Außerdem hatte er, seitdem er heute aufgestanden war, so ein komisches Gefühl in der Magengegend. Als ob heute noch irgendwas passieren würde. Den ganzen Morgen wurde er diese dunkle Ahnung nicht los. Er versuchte, sich auf die Skizzen zu konzentrieren, die ihm Leonardo zum Abzeichnen gegeben hatte, doch es gelang ihm nicht. Immer wieder wanderte sein Blick zu der Wand im Erker, an der die „Mona Lisa" gehangen hatte. Das halbfertige Gemälde „Leda und der Schwan" stand immer noch auf der Staffelei, wo sie es gestern platziert hatten. Sie hatten seither nicht mehr daran gearbeitet.

Als Leonardo merkte, dass Francesco mit den Gedanken ganz woanders war, unterbrach er die Arbeit und beschloss, mit ihm einen Spaziergang zu machen. Als sie das Haus verließen, begegneten sie Isabella mit einem Korb in der Hand.

„Das ist ja ein Zufall!", sagte Isabella überrascht, als sie die zwei aus der Haustür treten sah. „Ich muss schnell auf den Markt. Wir bekommen heute Besuch von meinem Onkel und meine Mutter braucht noch etwas Obst und Gemüse. Wo wollt ihr denn hin?"

„Einen kleinen Spaziergang machen, runter zum Fluss Arno", antwortete Francesco. Er freute sich, Isabella zu sehen.

„Dann können wir ein Stück zusammen gehen – wir haben den gleichen Weg." Isabella schaute Francesco verstohlen von der Seite an. Er sah heute gar nicht gut aus und war etwas bleich im Gesicht. Das mit dem Diebstahl ging ihm wohl ganz schön nahe. Sie selbst hatte noch den ganzen gestrigen Abend daran denken müssen. Aber heute, als sie aufgestanden war und aus dem Fenster gesehen hatte, waren ihre grüblerischen Gedanken wie weggeblasen gewesen. Draußen schien die Sonne, es war warm und ein leichter Wind war zu spüren. Sie liebte solche Tage.

Isabella hakte sich bei Francesco unter und versuchte, seine dunkle Stimmung zu vertreiben. Als sie zum *Ponte Vecchio*, der Brücke, die über den Fluss führte, kamen, war die Luft plötzlich mit unzähligen Blütenblättern und Pflanzensporen erfüllt, die der Wind vor sich hertrieb. Der Fluss war im Sommer immer gesäumt mit sprießenden Blumen und blühenden Bäumen. Manchmal trug der Wind die Samen und Sporen der vielen Pflanzen meilenweit vor sich her. So wie heute. Leonardo freute sich wie ein Kind darüber.

Aufgabe 22

Wie lautet die richtige Antwort auf folgende Fragen?

1. Wie heißt der Fluss, zu dem Leonardo mit Francesco gehen möchte?

   ....

2. Wie nennt man die berühmte Brücke in Florenz, die über den Fluss führt?

   ....

„Francesco, was siehst du hier?“, fragte Leonardo und streckte ihm die geöffnete Hand hin, auf der mehrere Sporen lagen.

„Blütensamen“, antwortete Francesco.

„Ja“, stimmte Leonardo zu, „aber das ist noch nicht alles. Schau hinter die Dinge, Francesco. Es ist eine Frage des genauen Beobachtens.“ Er nahm eine der Sporen zwischen Daumen und Zeigefinger. Isabella trat ein Stückchen näher, um besser sehen zu können.

„Seht ihr diese behaarte Kuppel über dem Stängel? Dies ermöglicht es dem kleinen Flieger hier zu gleiten, weil sich die Luft darunter sammeln kann und somit für Aufschwung sorgt. Es funktioniert etwa so, wie wenn man eine Haube mit Luft füllen würde. Und irgendwann gleitet diese Spore dann sanft zur Erde. Der Haarschopf über dem Stängel fängt die Luft ein und mildert den Fall ab." Leonardo ließ die Spore los und Francesco und Isabella staunten, wie sanft der Stängel mit seinem Häubchen zur Erde glitt.

Die Blütensamen segelten sanft auf die Erde.

„Ich habe mir lange Zeit Gedanken über dieses kleine Naturwunder gemacht und bin überzeugt davon, dass dieser Vorgang auch mit einem zeltartigen Leintuch funktionieren müsste. So wäre es vielleicht möglich, dass Menschen aus großer Höhe sanft auf die Erde gleiten könnten. Allerdings ist es mit dem Gewicht so eine Sache. Das Gewicht, das unten dranhängt, darf nicht zu schwer und nicht zu leicht sein – ein Problem, das nicht so einfach zu lösen ist. Da ist uns die Natur mal wieder ein gutes Stückchen voraus. Merke dir das, Francesco Melzi: Die gütige Natur sorgt dafür, dass du in der ganzen Welt immer etwas zu lernen findest." Francesco war sehr beeindruckt von dem, was ihn sein Meister gerade gelehrt hatte.

☛ Aufgabe 23

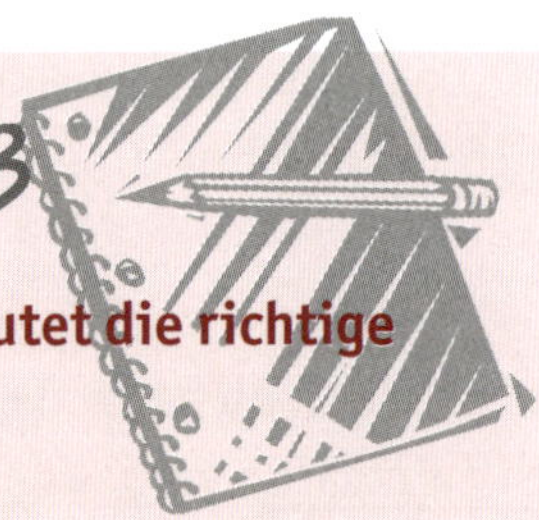

Hast du gut aufgepasst? Wie lautet die richtige Antwort?

1. Wie sieht die Pflanzenspore aus, die Leonardo in der Hand hält?

   ....

2. Was schließt Leonardo da Vinci aus seinen Beobachtungen?

   ....

   ....

Als sie weitergingen, hörte Francesco eine Turmuhr schlagen. *Wenn die Sonne in der Mitte des Tages steht, kommt der dunkle Mann wieder* … Plötzlich hatte Francesco wieder das Bild der Zigeunerin vor Augen. Er wurde sehr unruhig.

„Meister Leonardo, wir müssen unbedingt zurück in die Werkstatt“, sagte er und blieb mitten auf dem *Ponte Vecchio* stehen.

„Aber warum denn, mein lieber Francesco?“, fragte Leonardo überrascht.

„Es ist kurz vor zwölf Uhr und ich habe so eine Ahnung, dass sich heute die Prophezeiung der Hellseherin erfüllen wird. Bitte lasst uns zurückgehen!“, flehte Francesco. Leonardo runzelte verärgert die Stirn.

„Das kommt überhaupt nicht infrage. Hellseherei ist mittelalterlicher Unfug, nichts als Aberglaube!“, winkte Leonardo ab und wollte weitergehen.

„Ich denke auch, wir sollten lieber nachschauen – wir haben doch nichts zu verlieren“, fing nun auch Isabella an. „Bisher waren wir jeden Tag um zwölf Uhr im Haus, falls der Dieb noch einmal auftauchen würde. Warum nicht heute? Vielleicht ist dies unsere letzte Chance!“

Francesco schaute Isabella dankbar an. Was war sie doch für eine tolle Freundin!

„Also gut“, stöhnte Leonardo, „gegen euch beide komme ich einfach nicht an. Probieren wir es. Wir müssen uns jedoch beeilen, es ist nicht mehr viel Zeit.“

Die drei liefen eilig zur Werkstatt zurück. Atemlos kamen sie beim Haus an. Es war genau zwölf Uhr. Die Haustür war leicht angelehnt. „Dabei habe ich die Tür abgeschlossen, bevor wir gegangen sind, das weiß ich genau!“, flüsterte

Leonardo. Das konnte nur eines heißen: Es war jemand im Haus! Auf Zehenspitzen schlichen sie sich hinein und blieben am Eingang zur Werkstatt stehen. Es war niemand zu sehen. Als Francesco zum Erker hinüberschaute, entdeckte er, dass die Staffelei leer war. Das Gemälde „Leda und der Schwan" war verschwunden.

„Meister, schaut, dort im Erker!"

Leonardo blickte hinüber. Es war zwar niemand im Raum zu sehen, doch Leonardo bemerkte, dass sich der Vorhang, der an der Seite des Erkers hing, leicht bewegte. Leonardo machte Isabella ein Zeichen, dass sie leise die Haustür zusperren sollte und drückte ihr den Schlüssel in die Hand. Dann bedeutete er Francesco lautlos, dass sie vorsichtig zum Vorhang hinübergehen sollten. Doch zu spät. Plötzlich stürzte der Dieb hinter dem Vorhang hervor, die Mütze hatte er tief ins Gesicht gezogen und das Gemälde fest unter den Arm gepresst. Er schubste Francesco heftig zur Seite und riss im Hinauslaufen eine blecherne Ritterrüstung, die an der Wand gelehnt hatte, zu Boden. Leonardo stolperte darüber, als er den Dieb aufhalten wollte.

„Oh nein!", heulte Leonardo auf. Francesco eilte zu ihm.

„Habt Ihr Euch wehgetan?", fragte Francesco besorgt und half Leonardo aufzustehen.

„Nein, aber sieh nur, was er mit meinem mechanischen Ritter gemacht hat!", rief Leonardo verzweifelt.

Francesco sah, dass die blecherne Rüstung, die der Dieb umgeworfen hatte, in viele Einzelteile zerbrochen war und der Inhalt – Zahnrädchen, Kurbeln und Drähte – nun auf

Wieder entwischte der Dieb.

dem Boden herumkullerte. Leonardo hatte ewig an diesem Ritter gebastelt. Dieses „Ding“, wie Francesco die Konstruktion nannte, bestand aus einer Ritterrüstung, die innen zum großen Teil hohl war. Sie war Francesco schon immer ein wenig unheimlich gewesen, denn obwohl die Rüstung innen bis auf ein paar Drähte und Rädchen leer war, konnte sich das Ding von selbst bewegen: sitzen, den Hals drehen und mit den Armen winken. Eine Kurbel, verbunden mit

Drähten und Gewichten, trieb die Arme und Beine an. Eine Ritterrüstung, die lebte! Das musste man sich mal vorstellen!

☛ Aufgabe 24

Leonardo da Vinci fertigte zu seiner Zeit Zeichnungen von einem mechanischen Menschen an, der außen aus einer Ritterrüstung bestand und innen so gut wie hohl war. Dieses Konstrukt konnte selbstständig einige menschliche Bewegungen imitieren. Leonardo wollte es für ein Fest bei Hofe verwenden.
Wie nennt man diese Konstruktion heute?

○ a) Pinocchio
○ b) Roboter
○ c) Marionette

Manche Leute tuschelten, dass Leonardo bei seinen Entwürfen für den mechanischen Ritter schwarze Magie angewendet hätte. Francesco versuchte, diesem Geschwätz keine Beachtung zu schenken, vor allem, weil er wusste, wie sehr Leonardo an seiner Erfindung hing. Doch er war froh, dass das Ding nach all den Jahren nun kaputt war. Er wusste sowieso nicht, wozu es gut gewesen sein sollte.

☛ Aufgabe 25

Möchtest du wissen, wann Leonardo da Vinci den mechanischen Ritter entworfen hat? Dann löse folgende Rechenaufgaben.

6 – 5 =
2 + 2 =
1 x 9 =
10 : 2 =

Lösung: _ _ _ _

Der Dieb wollte sich mit dem Bild durch die Haustür aus dem Staub machen. Doch er hatte nicht mit Isabella gerechnet, die bereits zur Tür geeilt war und diese mit einem lauten Knirschen abschloss. Als der Dieb sah, dass ihm dieser Weg versperrt war, machte er kehrt und rannte hastig die Stufen hinauf zum Turmzimmer.

„Schnell, ihm nach!“, rief Leonardo, als er sah, wie der Dieb nach oben eilte. Francesco und Isabella folgten dem Mann die Treppe hinauf. Dicht hinter ihnen lief Leonardo, der sich von seinem Schreck über die zerbrochene Erfindung wieder erholt hatte. Doch der Dieb war einfach zu schnell. Als Francesco, Isabella und Leonardo im Turmzimmer ankamen, war der Bilderdieb schon längst zum Fenster hinausgesprungen und rannte über die Dächer der Häuser davon. Francesco schaute ihm wütend nach. Als er sich wieder zu Leonardo und Isabella umdrehte, sah er, dass weiter hinten im Raum etwas in der Ecke stand, das er noch nie zuvor gesehen hatte. Es war ein seltsames pyramidenförmiges Gebilde und sah aus wie ein kleines Leinenzelt. In der Mitte des Zelts war eine lange Stange befestigt und an den vier Seiten, die mit weiteren Holzstangen durchzogen waren, war eine Art Geschirr aus mehreren Seilen angebracht. Die ganze Konstruktion erinnerte ihn an irgendetwas ...

In der Ecke stand ein seltsames Leinenzelt.

„Ihr habt es tatsächlich gebaut!", rief Francesco plötzlich, als ihm wieder einfiel, wo er so etwas Ähnliches schon einmal gesehen hatte, und konnte sein Staunen nicht verbergen. „Vorhin auf dem *Ponte Vecchio*! Habt Ihr dies gemeint, als Ihr sagtet, dass Menschen aus großer Höhe zur Erde springen könnten, ohne sich zu verletzen? Und? Funktioniert es?"

Leonardo hüstelte verlegen. „Nun ja", sagte er. „Es könnte schon sein, dass es funktioniert, aber es wurde noch nie ausprobiert. Bisher habe ich das Gerät noch niemandem gezeigt, weil ich denke, dass der Absprung damit noch zu gefährlich ist. Deswegen habe ich es auch hier oben versteckt gehalten. Ich wollte nicht, dass irgendwer davon erfährt, bevor nicht sichergestellt ist, dass beim Sprung nichts passieren kann." Francesco war ein wenig beleidigt, dass Leonardo nicht einmal ihn in sein Geheimnis eingeweiht hatte. Aber jetzt war nicht der richtige Augenblick, um sich darüber Gedanken zu machen. Sie mussten den Dieb einholen – und zwar auf dem schnellsten Weg.

☛ Aufgabe 26

Wie nennt man Leonardos Erfindung?
Bringe die Buchstaben in die richtige Reihenfolge.

MSALLCHFIR

„Es wird Zeit, das Zelt auszuprobieren", sagte Francesco ruhig und ging hinüber zu Leonardos neuer Erfindung.

„Nein, das kommt überhaupt nicht infrage, Francesco", widersprach Leonardo energisch. „Es ist viel zu gefährlich. Noch weiß ich nicht, wie schwer der Mensch genau sein muss, der sich an das Zelt hängt. Ist er zu leicht, weht es ihn womöglich zu weit nach oben und er wird niemals den Boden erreichen. Ist der Mensch zu schwer, dann saust das Zelt mit ihm zu schnell zur Erde, sodass er sich alle Knochen bricht. Nein, lassen wir das, ich will kein Leben riskieren."

„Aber es ist unsere einzige Chance!", rief Francesco verzweifelt. „Bis wir wieder die Treppen hinuntergelaufen sind, ist der Dieb über alle Berge. Und den Vorsprung, den er

Francesco war entschlossen,
das Fluggerät zu testen.

jetzt schon hat, holen wir über die Dächer auch nicht mehr ein! Soll er nun auch noch mit dem zweiten Gemälde entkommen, jetzt wo wir so dicht an ihm dran sind? Wenn wir das Zelt nehmen, könnten wir ihn ohne Probleme schnappen. Wenn Ihr es nicht wagen wollt, Meister, dann tue ich es eben. Ich habe keine Angst. Ich werde ganz einfach hinuntersegeln und direkt auf dem Domplatz landen – und zack, dann haben wir den Dieb!" Francesco zog das Zelt Richtung Fenster und versuchte, sich das Geschirr anzuziehen. Leonardo stellte sich drohend vor ihn.

„Leg sofort das Zelt nieder!“, befahl er.

„Meister, wenn wir jetzt nicht sofort handeln, dann ist es sowieso zu spät. Lasst es mich doch versuchen! Irgendwann wolltet Ihr Eure Erfindung doch sowieso ausprobieren. Erinnert Ihr Euch an das, was Ihr immer zu mir sagt: ‚Wer nicht wagt, der nicht gewinnt!‘“, versuchte Francesco Leonardo zu überzeugen.

Leonardo schaute Francesco an. Was war dieser Junge mutig! Die Erfindung war gut. Er sollte vielleicht einfach nur mehr Vertrauen haben. Er hatte in den letzten Jahren so viele Berechnungen darüber angestellt – es musste einfach funktionieren!

„Also gut, wir werden es versuchen“, gab Leonardo widerwillig nach. Er versuchte, Francescos und sein eigenes Gewicht einzuschätzen, und stellte schnell ein paar Berechnungen im Kopf an. „Aber nur zu zweit! Ich werde mit dir fliegen. Zu zweit sind wir zumindest nicht zu leicht, höchstens zu schwer. Isabella, bitte knote hinten das Geschirr für uns beide zu. Wenn wir abgesprungen sind, eile hinunter und folge uns, ja?“

„Ihr seid ja wahnsinnig. Das ist doch viel zu gefährlich!“ Isabella konnte kaum glauben, was die beiden vorhatten. Waren denn auf einmal alle verrückt geworden?

„Isabella, wir haben keine Zeit zum Diskutieren, bitte tu, was Leonardo sagt“, bat Francesco sie leise und schaute sie flehend an. Isabella senkte den Blick, trat ohne ein weiteres Wort auf sie zu und schnallte das Geschirr hinter Leonardos Rücken fest.

Vor dem geöffneten Dachfenster war ein mittelgroßes Fensterbrett erkennbar. Es war gerade groß genug, dass Francescos und Leonardos Füße darauf Platz fanden. Eng aneinandergeklammert stellten sie sich darauf. Francesco, der vorne im Geschirr stand, blickte nach unten. Ihn schwindelte vor der gewaltigen Tiefe.

Isabella konnte kaum zusehen, wie die beiden auf dem winzigen Fensterbrett standen, und bevor sie wusste, was sie tat, stieg sie in das geöffnete Fenster, hielt sich am Fensterrahmen fest und gab Francesco ganz schnell einen Kuss auf die Wange.

Isabella gab Francesco einen Kuss auf die Wange.

„Viel Glück!“, flüsterte sie. Francesco wurde rot im Gesicht.

„Wer hätte gedacht, dass mein Jungfernsprung unter solchen Umständen stattfinden würde!“, sagte Leonardo lachend. Dann wurde er ernst. „Also, ich zähle jetzt bis drei und dann springen wir gleichzeitig ab. Bist du bereit, Francesco? Eins, zwei, drei …“ Sie sprangen. Das Zelt öffnete sich und – sie flogen tatsächlich!

Francesco fühlte sich großartig. Das Zelt über ihnen schaukelte hin und her und brachte sie langsam, aber stetig immer näher Richtung Erde. Von hier oben hatte man einen fantastischen Überblick über den Domplatz und die umliegenden Straßen. Francesco sah, wie der Dieb immer noch über die Dächer lief.

Das Fluggerät funktionierte!

Er schien nicht zu ahnen, wie nahe sie ihm bereits waren! Nicht mehr lange, dann würde der Dieb wahrscheinlich eine Außenleiter finden und daran hinabklettern. Wenn er auf dem Domplatz war, würden sie ihn bestimmt einholen, denn jetzt waren sie dem Boden schon ganz nahe.

„Es geht viel zu schnell", bemerkte Leonardo plötzlich.

Der Boden raste nur so auf sie zu. Waren seine Berechnungen doch falsch gewesen? Waren sie zusammen doch zu schwer? „Hätte ich doch bloß nicht so viel gefrühstückt!“, dachte er. Das könnte wirklich knapp werden.

Mit einem Ruck setzten Leonardo und Francesco mitten auf dem Domplatz auf. Francesco konnte es nicht glauben – sie waren geflogen! Jetzt aber nichts wie hinter dem Dieb her. Weit konnte er nicht sein. Schnell befreite Francesco sich aus dem Geschirr. Leonardo dagegen kämpfte noch mit einigen Seilen, die sich um seinen Fuß gewickelt hatten.

„Lauf los, Junge, ich komme gleich nach!“, sagte Leonardo zu Francesco, während er versuchte, sich aus dem Gewirr der Seile zu befreien.

Francesco nickte und rannte ohne zu zögern los.

☛ Aufgabe 27

Weißt du noch, was jetzt passiert? Fasse kurz zusammen, wie die Geschichte weitergeht.
(Tipp: Wenn du dich nicht erinnerst, lies noch einmal im ersten Kapitel nach!)

....

....

....

....

Erwischt!

★ ★ ★

Als Leonardo in die Seitengasse einbog, sah er, wie sich Francesco weiter vorne auf den Bilderdieb stürzte.

Hoffentlich tat ihm der Mann nichts, sorgte sich Leonardo. Doch da riss Francesco dem Fremden schon das Bild aus der Hand und rollte sich zur Seite. Leonardo hatte die beiden nun endlich erreicht. Kurz drehte er sich um, um zu sehen, ob Isabella ihnen in die Gasse gefolgt war. Da kam sie auch schon um die Ecke gerannt. Leonardo half Francesco aufzustehen. Gott sei Dank war ihm nichts passiert. Der Bilderdieb lag immer noch auf dem Boden. Dieser elende Wicht! Wie armselig musste jemand sein, der Künstlern einfach die Kunstwerke stahl! Seinetwegen hatten Francesco und er den gefährlichen Sprung aus dem Turmzimmer gewagt, der womöglich tödlich hätte verlaufen können! „Überhaupt war dieser Sprung mit dem Zeltdach ein wirklich aberwitziges Unterfangen gewesen", dachte Leonardo da Vinci jetzt. Es war zwar alles gut gegangen, aber bei den letzten hundert Metern war ihm doch der Schweiß ausgebrochen. Entgegen seinen Berechnungen waren sie nämlich viel zu schnell zu Boden gesaust. Als sie auf dem Domplatz gelandet waren, hatte sich Leonardo Francesco gegenüber zwar nichts anmerken lassen, aber er schwor sich, dieses

Dank des Fluggerätes wurde der Dieb gefasst.

Gerät nie wieder in seinem Leben zu benutzen. Wie leicht hätten sie sich alle Knochen brechen können! Wenn Francesco etwas passiert wäre, hätte er sich dies nie verzeihen können. Und alles nur wegen dieses dummen Diebes! Wütend drehte er den Mann auf den Rücken – und erschrak.

„Ich kenne diesen Mann!“, rief Leonardo überrascht, als er das Gesicht des Diebes erkannte. Plötzlich wurde ihm schwarz vor Augen und er taumelte rückwärts. Isabella trat schnell herbei und stützte Leonardo, damit er vor lauter Schreck nicht umfiel.

„Hallo, Leonardo, lange nicht gesehen“, sagte der Dieb spöttisch und stand langsam auf.

„Pedro Baldini!“, keuchte Leonardo.

„Wer ist das?“, fragte Isabella Francesco leise.

Francesco zuckte die Achseln. Er hatte den Namen noch nie zuvor gehört.

„Pedro Baldini hat vor langer Zeit zusammen mit mir als Lehrling in Verrocchios *bottega* gearbeitet. Andrea del Verrocchio war unser Meister, ein großartiger Mann. Und ich dachte, dass Pedro mein Freund sei. Aber da habe ich mich wohl getäuscht“, erklärte Leonardo traurig, als er in die ratlosen Gesichter seiner beiden Schützlinge sah.

„Ich habe diesen fetten, selbstgefälligen Meister Verrocchio immer gehasst. Verrocchio hat dich immer vor allen anderen Lehrlingen bevorzugt.“ Pedro Baldini sah Leonardo da Vinci böse an. „Während ich immer noch Farben mischen musste, durfte der ehrenwerte Leonardo schon an Verrocchios Bildern mitarbeiten. Dabei war ich schon einige Jahre länger bei Verrocchio in der Werkstatt als er. Es ist nicht rechtens, wenn ein Lehrling bei der Ausbildung mehrere Stufen überspringen darf, während die anderen die Lehrzeit normal durchlaufen müssen“, fauchte Pedro.

Pedro fauchte Leonardo an.

☛ Aufgabe 28

Wie heißt Leonardo da Vincis ehemaliger Meister, bei dem er lange Jahre Lehrling war? Bringe die Buchstaben in die richtige Reihenfolge!

AREDNA ELD VERCORIOCH

„Ist das der Grund, warum Ihr Meister Leonardo bestohlen habt? Weil Ihr vor vielen Jahren einmal eifersüchtig auf ihn wart?“, fragte Isabella vorwurfsvoll.

„Das seht Ihr falsch, wertes Fräulein“, widersprach Pedro Baldini und zupfte seinen roten Umhang zurecht. „Jetzt, da Ihr wisst, wer ich bin, kann ich Euch auch alles erzählen – jetzt ist es sowieso schon egal. Nun denn, wie Ihr sicherlich an meinem Umhang erkannt habt, bin ich selbst Maler geworden und habe meine Werkstatt hier in Florenz. Aber ...“

„Pah, keiner hat hier in Florenz jemals von einem Maler namens Pedro Baldini gehört“, sagte Francesco halblaut. Er konnte seine Verachtung für den Bilderdieb kaum verbergen.

„... leider verlief meine Karriere im Gegensatz zu Leonardos nicht ganz so erfolgreich“, fuhr Baldini unbeirrt fort. „Ich vermute, das liegt daran, dass Verrocchio mich niemals so gut ausgebildet hat wie Leonardo, aber lassen wir das

Thema. Nach einem längeren Aufenthalt in Rom bin ich seit Kurzem wieder hier in Florenz und habe von Leonardos sagenhafter ‚Mona Lisa' gehört. Das Gemälde soll eine einzigartige Maltechnik aufweisen, munkelte man. Das wollte ich mir genauer ansehen. Deshalb habe ich mir erlaubt, das Gemälde der ‚Mona Lisa' bei Euch – sagen wir mal – ‚auszuleihen'. Denn ich dachte, wenn ich es schaffen würde, mir Eure Technik anzueignen, dann würden die Mäzene bestimmt auch bei mir Schlange stehen, um mich endlich entsprechend zu fördern. Das Gemälde zu besorgen war nicht schwierig. Aber obwohl ich die ganze letzte Woche damit zugebracht habe, die ‚Mona Lisa' zu studieren, bin ich immer noch nicht hinter die Maltechnik gekommen, die Leonardo verwendet hat. Vor allem ‚Mona Lisas' Lächeln – das gibt mir immer noch Rätsel auf. Ich beschloss also, drastischere Maßnahmen zu ergreifen, und entschied, die oberste Farbschicht des Gemäldes abzutragen, um hinter das Geheimnis des Bildes zu kommen."

„Ihr – Ihr – Ihr habt mein Kunstwerk zerstört?", stotterte Leonardo entsetzt.

Pedro Baldini lächelte boshaft. „Ihr habt Glück gehabt, Leonardo. Bevor es dazu kam, hörte ich auf Ruccellais Kunstausstellung zufällig Euer Gespräch mit Michelangelo. Ihr erzähltet ihm, dass Ihr für Euer neues Bild ‚Leda und der Schwan' eine weitere neue Maltechnik entwickelt habt. Das kam mir wie gerufen, denn wie Ihr wisst, kann man an einem halbfertigen Bild die Maltechnik viel besser erkennen als bei einem schon fertigen Gemälde. Wenn ich Eure Technik bei

,Leda und der Schwan' wüsste, dachte ich, wäre es ein Leichtes, mir auch die ,Mona-Lisa'-Technik anzueignen. Also bin ich heute erneut in Eure Werkstatt eingestiegen, um mir das zweite Bild zu holen. Aber seid versichert, ich hätte Euch beide Bilder wieder zurückgebracht, wenn ich mit meinen Studien fertig gewesen wäre. Dummerweise habt Ihr mich nun erwischt, das war's dann wohl."

„Meister, das Beste wäre es, diesen Kunsträuber jetzt gleich vor ein Gericht zu schleifen, damit er seine gerechte Strafe erhält", schlug Francesco Leonardo vor, als Pedro geendet hatte.

„Nicht so schnell, junger Mann", unterbrach Pedro ihn mit einem hämischen Grinsen. „Wenn Ihr mich jetzt einem Gericht ausliefert, werdet Ihr die ,Mona Lisa' niemals mehr wiederbekommen. Nur ich weiß, wo sie versteckt ist. Versprecht mir, dass Ihr mich laufen lasst, dann erhaltet Ihr dafür die ,Mona Lisa' zurück."

Leonardo nickte zähneknirschend. Was blieb ihm anderes übrig? Zu viert machten sie sich daraufhin auf den Weg zu Pedro Baldinis Haus, das nicht weit entfernt in einer kleinen Nebenstraße lag. Francesco und Isabella liefen den ganzen Weg dicht hinter Baldini, nur für den Fall, dass er versuchte zu fliehen.

Als sie bei Baldinis Haus angelangt waren, führte Pedro sie in sein Schlafgemach im ersten Stock. Bis auf ein Bett war der Raum jedoch leer. Weit und breit war keine „Mona Lisa" zu sehen. „Das ist bestimmt eine Falle!", dachte sich Isabella.

Doch noch im selben Augenblick fasste Baldini hinter das Bett und bediente einen versteckten Hebel, der so klein war, dass man ihn bei einem flüchtigen Blick durch den Raum nicht erkennen konnte. Lautlos schob sich die Wand rechts neben dem Bett ein Stück zur Seite. Dahinter wurde ein kleines Zimmer sichtbar, in dem das Gemälde der „Mona Lisa" auf einer Staffelei stand. Leonardo atmete erleichtert auf, als er sah, dass es unversehrt war. Noch bevor irgendjemand reagieren konnte, stürzte Isabella schon in das Zimmer und nahm das Bild der „Mona Lisa" vorsichtig an sich. Als sie das kleine Zimmer wieder verlassen hatte, schloss sich hinter ihr geräuschlos die Geheimtür. Nichts deutete von außen mehr darauf hin, dass sich hinter der Wand noch ein weiteres Zimmer befand.

In Pedros Schlafzimmer befand sich eine Geheimtür.

„Interessant", dachte sich Leonardo und machte sich in Gedanken ein paar Notizen.

„So, nun habt Ihr beide Gemälde wieder – meinen Teil der Abmachung habe ich nun erfüllt. Ich hoffe, Ihr haltet Euch an Eure", sagte Pedro, als er sie zur Haustür gebracht hatte.

„Ja, ich halte mich daran. Mein Ehrenwort gilt“, sagte Leonardo mit fester Stimme und wandte sich zum Gehen. Da hielt ihn Pedro plötzlich zurück.

„Bevor sich unsere Wege hier endgültig trennen, möchte ich doch noch wissen, welche Technik Ihr bei den beiden Bildern angewendet habt, verehrter Leonardo. Jetzt könnt Ihr es mir doch verraten, oder?“, fragte Pedro. Seine Augen funkelten gierig.

Ein verschmitztes Lächeln glitt über Leonardo da Vincis Lippen.

„Da gibt es nicht viel zu sagen, lieber Freund“, begann Leonardo. Francesco und Isabella schauten ihn verwundert an. Wollte er allen Ernstes auf die freche Bitte dieses Gauners antworten?

„Erstens:“, fuhr Leonardo fort, „Die Maltechnik, die ich bei der ‚Mona Lisa‘ verwendet habe, nennt sich Sfumato, aber das weiß inzwischen fast jeder florentinische Künstler, der einmal in meiner Werkstatt war und das Bild gesehen hat. Ich erkläre diese Technik jedem offen, der mich danach fragt. Raffael zum Beispiel hat sich die Sfumato-Technik bereits nach kurzer Zeit angeeignet. Dass Ihr diese Technik nach einer Woche des Studierens der ‚Mona Lisa‘ nicht herausgefunden habt, beweist nur, was Verrocchio schon immer geahnt hat – nämlich, dass Ihr noch sehr viel lernen müsst. Dabei hättet Ihr mich nur fragen müssen! Ich hätte es Euch bereitwillig beigebracht! Zweitens: Dass ich bei ‚Leda und der Schwan‘ eine neue Technik verwendet habe – da muss ich Euch leider enttäuschen. Das war ein Märchen.

Ich habe dies nur erzählt, um demjenigen, der die ‚Mona Lisa' gestohlen hat, eine Falle zu stellen. Ich wusste, dass der Dieb daraufhin wieder in meine Werkstatt kommen würde, um etwas über diese angeblich neue Technik herauszufinden. Und du bist tatsächlich in diese Falle getappt, mein lieber Pedro. ‚Leda und der Schwan' unterscheidet sich, wenn man es genau nimmt, in der Technik wenig von meinen anderen Gemälden. Und drittens: Was das Lächeln der ‚Mona Lisa' angeht – dies wird für immer mein Geheimnis bleiben."

Pedro Baldini schlug wütend die Haustür zu. Aber Leonardo lachte nur.

☛ Aufgabe 29

Kannst du die Fragen zum Text richtig beantworten?

1. Warum hat Pedro Baldini die beiden Bilder von Leonardo da Vinci gestohlen?

   ....

   ....

   ....

2. Welche Maltechnik hat Leonardo bei der „Mona Lisa" angewendet? ....

   ....

3. Welche neue Technik verwendete Leonardo bei „Leda und der Schwan"?

....

....

....

4. Wie sah die Falle aus, die Leonardo dem Dieb gestellt hatte, und was wollte er damit erreichen?

....

....

....

„Kommt, meine zwei treuen Helfer, lasst uns nach Hause gehen und feiern, dass wir die Bilder wieder zurückhaben", sagte Leonardo da Vinci gut gelaunt. Und auch Francescos Miene hellte sich wieder auf. Die Falle, die sie dem Dieb gestellt hatten, hatte tatsächlich funktioniert, sodass die beiden wertvollen Bilder endlich wieder in ihrem Besitz waren. Es war überhaupt ein unheimlich aufregender Tag gewesen, denn wahrscheinlich war er der einzige Junge auf der ganzen Welt, der heute geflogen war! Und dann hatte ihm Isabella sogar noch einen Kuss auf die Wange gegeben! Lächelnd blickte Francesco Isabella an, die neben ihm ging. Doch die schien noch nicht ganz zufrieden zu sein.

„Ich würde an Eurer Stelle Pedro Baldini nicht einfach so davonkommen lassen, Meister da Vinci. Was, wenn er noch mal versucht, ein Bild zu stehlen?", fragte Isabella besorgt.

„Das glaube ich nicht." Leonardo schüttelte den Kopf.

„Ich denke eher, dass Pedro Baldini sich so schnell wie möglich aus Florenz verabschieden wird. Er hat viel zu große Angst, dass ich ihn doch noch vor Gericht bringe. Bestimmt ist er jetzt schon am Packen."

Leonardo musste bei diesem Gedanken grinsen. Dann wurde er wieder ernst. „Außerdem halte ich immer mein Ehrenwort. Abgesehen davon ist Pedro Baldini schon genug gestraft. Er wird niemals den Erfolg haben, den er sich für seine Malerei wünscht, weil er nicht wirklich an sich und seine Fähigkeiten glaubt. Der Diebstahl meiner zwei Bilder hätte daran auch nichts geändert. Um ganz ehrlich zu sein, ich hoffe sehr für ihn, dass er irgendwann seinen Weg findet. Ich wünsche ihm wirklich nichts Böses."

Isabella schaute Leonardo da Vinci bewundernd an. Sie dachte daran, wie schön es wäre, wenn noch mehr Menschen so denken würden wie er. Und Francesco musste bei Leonardos Worten unwillkürlich an die Vögel denken, die sein Meister vor über einer Woche auf dem Markt gekauft und anschließend freigelassen hatte. Leonardo da Vinci hatte wirklich ein großes Herz.

Zurück in Leonardos Werkstatt hängten Leonardo, Francesco und Isabella die „Mona Lisa" wieder an ihren ursprünglichen Platz im Erker. Das Gemälde „Leda und der Schwan" stellte Leonardo da Vinci in eine Ecke. Francesco fragte sich, ob sein Meister das Bild jemals zu Ende malen würde. Er seufzte und ließ seinen Blick zurück zum Bild der „Mona Lisa" schweifen. Fragend schaute er sie an. Doch „Mona Lisa" lächelte nur.

☛ Aufgabe 30

Finde heraus, welches Wort nicht dazugehört! Unterstreiche das nicht in die Reihe passende Wort!

1. Leonardo da Vinci, Francesco Melzi, Erfindungen, Buchdruck
2. Mona Lisa, Leda und der Schwan, Dame mit Einhorn
3. Fallschirm, Roboter, Eisenbahn, Automobil
4. Florenz, Mailand, Deutschland
5. Metzger, Künstler, Maler, Bildhauer
6. Sfumato, bottega, uccelli, paella

Zeittafel

★ ★ ★

15.04.1452	Leonardo da Vinci wird in der toskanischen Stadt Vinci geboren. Er ist unehelicher Sohn des Notars Piero di Antonio da Vinci und der Bäuerin Caterina.
1469	Leonardo beginnt bei Andrea del Verrocchio in Florenz eine Lehre zum Maler und Bildhauer.
1472	Leonardo tritt in die florentinische Gilde der Maler ein und beendet seine Ausbildung bei Verrocchio.
1475	Der bekannte Maler und Bildhauer Michelangelo Buonarroti wird geboren.
1478	Die Pest bricht aus. Leonardo erhält seinen ersten Auftrag: Er soll ein Altargemälde für eine Kapelle im Florentiner *Palazzo Vecchio* anfertigen. Leonardo da Vinci stellt dieses Gemälde niemals fertig.
1482	Leonardo zieht von Florenz nach Mailand, um dort für den Herzog Ludovico Sforza zu arbeiten. Er malt zwei seiner bekanntesten Werke „Dame mit Hermelin" und „Madonna in der Felsengrotte".

1483	Der Maler Raffael Sanzi wird in Urbino geboren. Leonardo zeichnet Skizzen eines Fallschirms und fertigt erste Entwürfe für einen Helikopter an.
1485	Die Pest bricht nun auch in Mailand aus. Leonardo beschäftigt sich mit einem neuartigen Kanalsystem.
1492	Leonardos bekannteste Zeichnung „Proportionszeichnung des menschlichen Körpers nach Vitruv" entsteht. Zudem experimentiert er nun vermehrt mit Flugmaschinen.
1495	Leonardo beginnt mit dem berühmten Bild „Das letzte Abendmahl" im Dominikanerkloster Santa Maria in Mailand. Außerdem entwirft er einen humanoiden Roboter.
1499	Leonardo verlässt Mailand, das inzwischen von Frankreich besetzt ist, und kehrt nach Florenz zurück.
1503–1506	Eines der berühmtesten Gemälde der Welt entsteht: Leonardo malt die „Mona Lisa". Außerdem beginnt Leonardo mit der Arbeit an „Leda und der Schwan".
1507	Leonardo pendelt immer wieder zwischen Mailand und Florenz hin und her. Francesco Melzi fängt bei Leonardo eine Lehre an. Michelangelo beginnt seine Arbeit in der Sixtinischen Kapelle in Rom.

1513	Leonardo da Vinci zieht mit seinen beiden Lieblingsschülern Francesco Melzi und Giacomo Salai nach Rom, wo er für den Bruder des Papstes Leo X. wissenschaftliche Experimente durchführt.
1516	Sehr krank wird Leonardo von dem französischen König Franz I. nach Frankreich gerufen. Dort entwirft er anlässlich der Friedensgespräche zwischen dem König und dem Papst einen mechanischen Löwen, der selbstständig einige Schritte gehen kann. Nach einem Schlaganfall ist Leonardos rechte Hand gelähmt. Er arbeitet jedoch weiter als Hofmaler und entwirft einige Skizzen für Bewässerungsprojekte.
2. Mai 1519	Leonardo stirbt als 67-Jähriger in Frankreich. Francesco Melzi erbt Leonardos Manuskripte und beginnt, Leonardos Nachlass zu ordnen. 51 Jahre später stirbt auch Francesco Melzi und Leonardos Erbe wird in ganz Europa verteilt. Viele von da Vincis Manuskripten gehen im Laufe der Jahre für immer verloren.

Lösungen

★ ★ ★

Aufgabe 1: BOTTEGA
Aufgabe 2: c)
Aufgabe 3: 1. Vinci 2. vincio 3. da Vinci
Aufgabe 4: 1. Francesco Melzi war ein Lehrling von Leonardo da Vinci. 2. Eine Gilde besteht aus mehreren Künstlern.
Aufgabe 5: 1452
Aufgabe 6: 1. falsch 2. richtig 3. richtig
Aufgabe 7: 51 Jahre
Aufgabe 8: 1. Mona Lisa 2. 1506
Aufgabe 9: SFUMATO
Aufgabe 10: 1. Mailand 2. Leonardo da Vinci wird als Universalgenie bezeichnet, weil er mehrere Begabungen hatte und sich auf fast allen Wissenschaftsgebieten auskannte. Er war Künstler, Ingenieur, Wissenschaftler, Philosoph und Erfinder in einer Person.
Aufgabe 11: Auto
Aufgabe 12: 1. Beobachte und beschreibe 2. Stelle Fragen 3. Bilde eine These 4. Überprüfe die These 5. Fasse alles zusammen und formuliere eine Theorie
Aufgabe 13: 1.b) 2.a) 3.d) 4.c)
Aufgabe 14: 1. richtig 2. richtig
Aufgabe 15: 1. Ein Gerät mit zwei Rädern. In den Rädern

sieben Speichen. Lenkstange und Sattel. Für Menschen, um sich fortzubewegen. 2.c)

Aufgabe 16: in Mailand / lebte und arbeitete dort viele Jahre / neuartiges Abwasserkanalsystem entwickelt / Sauberkeit und Hygiene für die Menschen / Ende des 15. Jahrhunderts Pest / Hauptgründe für die Seuche Verschmutzung der Stadt / Kanalsystem Mailand mit Frischwasser versorgt / zweiten Kanalsystem der Unrat der Stadt aus der Stadt befördert / Leonardo fasziniert von Wasser, Wasserfahrzeugen, Pumptechniken, Wassertürmen, Schleusen und Brücken

Aufgabe 17: Schwan – Frau – Ei – Kinder – Baum – Berg

Aufgabe 18: c)

Aufgabe 19: 1. Vögel 2. uccelli 3. Dass Menschen eines Tages fliegen können. 4. Weil sie nicht daran glaubten, dass Menschen in der Zukunft fliegen könnten. 5. Flugzeuge

Aufgabe 20: 1. b) 2. b)

Aufgabe 21: a)

Aufgabe 22: 1. Arno 2. Ponte Vecchio

Aufgabe 23: 1. wie ein Stängel mit einem Häubchen 2. Dass es auch für Menschen möglich sein müsste, mit einem zeltartigen Leintuch aus großer Höhe abzuspringen und sanft zur Erde zu gleiten.

Aufgabe 24: b)

Aufgabe 25: 1495

Aufgabe 26: FALLSCHIRM

Aufgabe 27: Francesco verfolgt den Dieb über den Domplatz. In einer Seitengasse holt er ihn ein und reißt ihm das

Bild aus der Hand. Leonardo und Isabella kommen wenig später auch in der Gasse an. Als Leonardo das Gesicht des Diebes sieht, erschrickt er, denn er kennt den Mann.

Aufgabe 28: ANDREA DEL VERROCCHIO

Aufgabe 29: 1. um sich Leonardos Maltechnik anzueignen 2. die Sfumato-Technik 3. keine 4. Leonardo erzählte in Ruccellais Garten, dass er für sein neues Kunstwerk „Leda und der Schwan“ eine neue Technik entwickelt hatte, um den Dieb noch einmal in seine Werkstatt zu locken und ihn dort zu schnappen.

Aufgabe 30: 1. Buchdruck 2. Dame mit Einhorn 3. Eisenbahn 4. Deutschland 5. Metzger 6. paella